財神門徒

之4

神鬼無間

劉晉成 著

財
徒
神
門

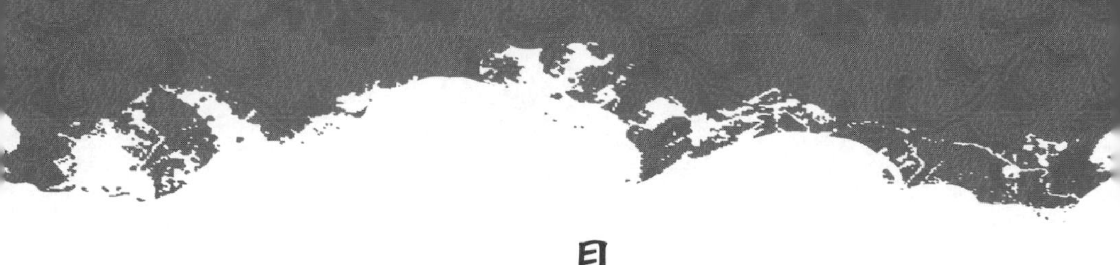

目錄

第一章 高五爺之約

「教授說那木雕是出自名家之手，保存非常完好，價值至少值一百萬！我聽李龍三跟我講的，當時我不在場。」高倩如實道來。

林東心道：「一百萬？傅大叔三百塊賣給了我？這……怎麼可能！」

他覺得這件事情離奇，想到傅家父子對他的關心，似乎真的是熱情過火了些，偏偏又不似作偽，而他當時只是個窮光蛋，傅家父子怎麼也不會打他什麼主意吧？

「林東，我已經跟爸爸說好了，星期天晚上，你到我家來吧。」

週五下班之後，林東和高倩在約定的餐廳裏碰了面。一見面，高倩就將這個好消息告訴了林東。

「倩，我該買什麼送給你爸爸呢？總不能空著兩手去你家吧。」

終於要再次面見高五爺了，林東的內心很激動，甚至有點勝利者的得意，但是從內心深處而言，對高五爺，他是懷著感激之情的，若不是他的激勵，自己或許不會有今天這般成就。

這幾個月，他心裏一直以賺到五百萬贏得高五爺同意他與高倩的交往為目標，如今實現了，林東反而有點悵然若失的感覺，不知下一個目標在哪裏。這也正是近段時間縈繞在他心裏揮之不去的難題。

「我家什麼都不缺，你就別瞎買了。對了，林東，你上次送給我爸爸的黃楊木雕關公像，真的是三百塊錢買的？」高倩想起了什麼，不禁問道。

林東看了他一眼，笑道：「那還有假？古玩街的集古軒買的，三百塊！」

高倩臉上的疑雲更濃了，問道：「集古軒？你知道那是什麼地方嗎，三百塊錢能在那裏買到東西？」

經高倩一說，林東似乎也發現了問題，集古軒是古玩街最負盛名的店鋪，歷史悠久，在蘇城古玩界具有極高的地位。這麼一家鋪子裏，怎麼可能會有三百塊錢的東西？

「倩，你怎麼問起那個木雕？」林東問道。

高倩說道：「我爸爸對收藏古董也有研究，他經常念叨那木雕不一般，後來還找了一個教授過來鑒定呢。」

林東追問道：「那教授怎麼說？」

「教授說那木雕是出自名家之手，保存非常完好，價值至少值一百萬！我聽李龍三跟我講的，當時我不在場。」高倩如實道來。

林東訝然，心道：「一百萬？傅大叔三百塊賣給了我？這……怎麼可能！」

他越想越覺得這件事情離奇，想到傅家父子對他的關心，似乎真的是熱情過火了些，偏偏又不似作偽，而他當時只是個窮光蛋，傅家父子怎麼也不會打他什麼主意吧？

「哦，對了，你爸是要看現金還是存摺什麼的？」

高倩白他一眼：「誰神經病取五百萬現金放身上？存摺也不必的，你敢去就行，糊弄我爸，諒你也沒那個膽子！」

林東嘿嘿笑了笑：「週末不能陪你了，下週二要去電視台錄節目，溫總給我請的形象顧問要對我進行突擊訓練。你幫我去買點禮物，我總不能空著手去你家的，買給你爸的，別替我省錢啊！」

高倩嘻嘻笑道：「放心吧，我會盡挑貴的買。」

「對了，今晚正好有空，倩，你上次不是看上一條那什麼項鏈麼，沒捨得買，我最近發了一筆橫財，咱現在就去，買了送給我最愛的你！」因為與麗莎發生的關係，林東心懷對高倩的愧疚，希望通過這種方式能夠彌補一二。

高倩驚呼道：「那條項鏈十五萬呢！你發了什麼橫財？」

林東咳了一聲，「咳咳，不算多吧，也就三百五十萬。低調，低調啊……」

二人直奔珠寶樓，一路上高倩不斷問他那三百五十萬怎麼來的，林東先是忍住不說，逗她玩了一會兒，才告訴他是賭石贏來的。

「你認識金河谷？」高倩訝聲道，「他可是個花大少，你不要跟他學壞了。」

林東笑道：「放心吧，我跟他做不成朋友的。」

「蘇城四少沒一個好東西，你要是跟他們做朋友了，小心我不理你。」高倩挽著林東的胳膊，二人進了珠寶樓。

雖然早已選定了目標，但高倩仍是拉著林東逛了一圈，試了很多件首飾，不過最後仍只買了那條項鏈。

「東，我也有東西要送給你，早就買好了，等你周日晚上去我家的時候拿給你。」高倩想給林東一個驚喜，任他怎麼問，就是不說。

出了珠寶樓，二人開車各自回家。第二天一早，林東便被麗莎的電話叫醒。

「林先生，我已經到了你家樓下，要我上去嗎？」

林東一看時間，剛過七點，揉揉睡眼，說道：「不必了，麗莎，你稍等會兒，我馬上下去。」

洗漱之後，林東便出了門，到樓下與麗莎會合，便開始了一天的魔鬼訓練。在這一天之內，除了上廁所，二人幾乎是形影不離。

麗莎以其專業的眼光，不斷從林東的言行舉止中挑出毛病，讓他及時改正。為了提高林東的形象，她盡心盡責，可就是苦了林東，一天下來，比搬了一天磚頭還累。

「麗莎，明天晚上我有很重要的事情要做，要跟你請個假。」

晚上十一點多，二人分別的時候，林東說道。麗莎點頭同意了。

周日的下午，林東早早結束了訓練，回到家中洗個澡，刮了鬍子，換上新衣服，開車前往高五爺在郊區的獨棟別墅。

李龍三見林東從車裏下來，幾乎不敢相信自己的眼睛，他想破腦袋也想不到，幾個月前還窮得叮噹響的小子能在短短的兩三個月內賺到那麼多錢，還成立了自己的公司！

「李先生，上次的事情我一直想找機會親自跟你說一聲謝謝，今天總算等到這個機會了。」林東見到李龍三，不管他是否有敵意，上前打了聲招呼，提到那次對方帶人救他的事情，連說了幾聲謝。

李龍三繃著臉，一臉的不悅，不理會林東伸出來的手，冷冷道：「進去吧，五爺在等你。」

林東拿出高倩挑選的禮物，走進廳中，見高五爺正坐在那裏，腳下匍匐著一隻小牛犢子般大小的巨型獒犬，見到生人進來，立時抬起了大腦袋，目露凶光。

「五爺，林東看您來了，小小禮物，不成敬意。」

高五爺抬起眼皮看了他一眼，說道：「有心了。」一旁的李龍三從林東手中接過禮物，退了出去。

「坐吧。」高五爺指著對面的沙發，讓林東坐了下來。

「真沒想到你那麼快就賺到了五百萬，我聽倩倩說，你的錢大部分都是在股市裏賺的，是嗎？」

林東笑道：「是的，基本上是我炒股賺來的。」

「股票那東西我也玩過，早些年是賺了不少錢，這幾年就不行了，你那行風險很大啊！」

「五爺的意思是？」

「你可以搞搞實業嘛，既然我已經同意了你與倩倩交往，以後你若有需要，我會給你一些幫助的。中國自有股市以來，出過多少股神，都是一時風光吶。」

林東理解高五爺的意思，他從業的時間雖不算太長，但證券史上的風雲人物還是知道一些的，正如高五爺所說，一時風光無限，最後不是被抓，就是破產跳樓自殺而亡，基本上沒有能夠全身而退的。

經他提點，倒是讓林東產生了一些朦朧的思路，做實業最需要的就是錢，而他可以通過熟悉的資本市場來募集資金投入實業之中，解決實業做大的難題。不過他也知道，話雖如此，但操作起來絕不是那麼簡單的。

「五爺，若有需要您幫忙的地方，我一定會登門打擾的。」

這時，高倩從廚房走了過來，說道：「爸，林東，菜都好了，吃飯吧。」

高五爺起身，對林東說道：「走，吃飯去。」他一動，趴在地毯上的藏獒也站了起來，緩緩跟在高五爺身後。林東走在那藏獒身後，瞧見那麼大的一條狗，真害怕這傢伙掉頭咬他一口。好在這隻藏獒只是在他進門的時候對他表現出了敵意，但後來看到高倩與林東那麼親密，立時明白這是主人的朋友，便懶得看他一眼，一副沒睡醒的樣子。

一頓飯吃得賓主甚歡，高五爺嘴上不說，卻非常佩服女兒的眼光。林東與高五爺經過一番交流，眼界和思路都開闊了許多，一直縈繞在他心中的難題也豁然開朗。他已經重新樹立了目標！

席間，高五爺問起那尊黃楊木雕關公像的事情，林東未敢隱瞞，如實說了，只是未說他與傅家父子的關係。而在他心中，卻已打上了一個大大的問號，再怎麼說，傅家琮也是一個開門做生意的商人，一百萬的東西賣給他三百塊，怎麼也說不過去。

飯後，林東與高五爺閒聊了一會兒，便起身告辭。

林東開車離開了高家，還在路上，就收到了高倩發來的資訊。

「我爸爸對你今天的表現很滿意，但是你走之後，他跟我說了，你現在的狀況還不足以娶到他的寶貝女兒。東，你要加油哦！」

林東放緩了車速，回了過去：「倩，還記得你上次說過什麼嗎？」

高倩抱著手機，俏臉忽地通紅，回了訊過去：「壞人，我什麼都不記得了。」

林東看了簡訊，笑了笑，隔了十來分鐘，高倩見他沒回，忍不住又發來一條信息：「好啦好啦，你看你多小氣，開個玩笑都不行。我會履行我的承諾的，你得逞了，開心了吧？」

林東看了簡訊，熱血立時沸騰起來，恨不得高倩就在身旁，任他採擷。

林東回到家中，從口袋裏拿出高倩送給他的禮物。這小妮子非讓他回家再拆開看，卻不知裏面放了什麼寶貝。林東拆開包裝，取出一看，竟是一塊他垂涎已久的名錶！他清楚地記得，與高倩剛開始談戀愛的時候，二人逛商場，林東看到這塊錶眼睛發亮，足足看了兩三分鐘，但一看那價格，八萬多，直接讓他望而卻步。

包裝盒裏還有一張高倩手寫的字條，筆跡雋秀。

「東，我還記得你當時看到這塊錶的眼神，現在你有錢了，會不會覺得這塊錶不夠珍貴了呢？其實，這塊錶我很久之前便悄悄買了，就是等待這一天，等待你成功的時候！好在你沒讓我等太久……」

林東眼眶濕潤了，拿起手機給高倩發了資訊過去，愛意流淌，心裏暖暖的：「倩，世界在變，我對你的心永遠不變！」

高倩看到簡訊，笑著哭了出來，在感情方面，林東是個木訥的人，很少說出這般暖人心田的話。

「真肉麻……」她回了一條過去。

週一早市開盤，江河製造股價仍是狂瀉，開盤即被封死在跌停板。

劉大頭走進林東的辦公室，說道：「奇怪了，最近老覺得周銘不大正常，今天竟然招呼也不打就不來上班了，打他電話，小子竟然關機了。」

「大頭，別惦記了，周銘不會再來我們公司了。」林東笑道：「還記得我讓你們停止調查內鬼嗎？咱公司的內鬼，不是別人，就是你的部下周銘！」

劉大頭驚呼一聲，一臉難以置信的神色：「這小子雖然平時不大合群，怎麼也想不到他會做這種事，沒搞錯吧？」

劉大頭心慈手軟，仍是對周銘抱有一線希望，他不敢相信手下會做出這種事。

「大頭啊，不要做老好人了，以為人人都跟你一樣？這世上的人為了利益，什麼都做得出來的。以後招人一定要嚴格把關，這一次是內鬼暴露得太明顯，所以沒給咱們造成什麼損失，他若是潛伏隱匿，待到最關鍵的時刻再出手，說不定就能要了咱的命。小楊畢竟太年輕，人事我打算再招一個有經驗的進來，一來替小楊分擔工作，二來也能把把關，以防敵人滲透啊！」

劉大頭點點頭，說道：「嗯，你說得有道理。」

「再招個人進來，我怕小楊會對我有想法。大頭，你要做好安撫工作。」

劉大頭出去之後，公關部的頭頭穆倩紅走了進來。公關部是金鼎公司新成立的部門，溫欣瑤與林東基於戰略部署，明白公關非常重要，將會在未來發揮大作用。穆倩紅原先在一家跨國集團的公關部工作，年紀與林東相仿，卻已工作了五六年，人美聲甜，絕對是個讓男人看一眼就忘不了的尤物。

「穆經理，請坐，找我有事麼？」

林東起身相迎，他與穆倩紅不熟，雖是她的上司，卻也沒有架子，主動為她倒了一杯茶水。

穆倩紅頷首致謝：「林總，溫總走之前跟我打過招呼，說你最近可能會去溪州市跑一跑，如果有需要我們公關部出力的地方，您儘管吩咐。不然總拿工資不做事，公司其他部門的同事該有意見了。」

公關部剛成立一個星期，根本不存在穆倩紅說的那種情況。

林東笑道：「穆經理說笑了，咱們公關部的美女們就算整天待在辦公室裏不做事，那也能發揮大作用。你沒瞧見最近資產運作部的那些光棍，一個個像是打了雞血似的，別提做事多積極了。」

穆倩紅掩住紅唇，笑不露齒：「經您這麼一說，我倒是明白了，為什麼老有資產運作部的同事過來問需不需要換水了。」

二人開了幾句玩笑，氣氛緩和了許多。

林東正色道：「穆經理，說實話，我打算這週三就去溪州市，主要是為了接洽一家上市公司的高管，希望能與他們搞好關係。公關你是專家，能否給點意見？」

穆倩紅笑問道：「客戶重要麼？」

林東鄭重點點頭：「很重要！」

「林總，你若是相信我的能力，就把這次接洽上市公司高管的任務交給我們公關部來做，我可以在您面前立下軍令狀，保證完成任務！」

穆倩紅初到金鼎公司，急於立功，而林東此次要做的事情正是公關部所擅長的，當即便表態攬了過來。

林東見她如此胸有成竹，笑道：「咱又不是行軍打仗，立什麼軍令狀啊？穆經理，我相信你的能力，祝你成功！」

「謝謝您，林總。不打擾您了，我去策劃方案了。」

林東微笑點頭，目送妖嬈多姿的穆倩紅走出他的辦公室。林東不知公關部的這群如花似玉的姑娘是從哪裏挖來的，心裏著實佩服溫欣瑤的能力，那麼一群令男人見了走不動路的美人兒，必將成為無往不利的利器！

林東拿起電話，給譚明輝撥了過去，笑道：「譚哥，是我，林東啊……」

譚明輝昨夜喝了一夜的酒，此時雖已是中午，他卻還未睡醒，迷迷糊糊說道：「林老弟啊，啥事啊？」

「譚哥，沒啥要緊的事，等你醒來給我電話吧。」

林東掛了電話，紀建明三人走進他的辦公室，說道：「林總，吃飯去。」

林東起身，崔廣才眼尖，看到了他腕上的手錶，驚呼道：「浪琴！」崔廣才捉住林東的手臂，盯著猛看，那眼神就像是見到了初戀的情人似的。

林東起了一身雞皮疙瘩，將手錶拿了下來，交給崔廣才：「你慢慢看，可別弄壞了！」

崔廣才點頭道：「知道知道，弄壞了我可賠不起。嘿，你這傢伙，現在有錢了，真是奢華，又是奧迪又是浪琴的。」

林東苦笑，心道，無論是車還是錶，都不是自己買的。

「窮人玩車，富人玩錶，無產階級玩電腦。林東，你現在是真發達了！」

四人進了大廈十樓的食堂，打完飯坐下來，紀建明道：「我忽然想起一事，早上忘了跟你彙報了。」

林東問道：「啥事？」

「我手下的兄弟說，今天早上看到大頭的手下周銘進了高宏私募的辦公室。」

林東朝劉大頭看了一眼：「大頭，現在你該不會懷疑我冤枉他了吧？」

劉大頭低頭不語，埋首扒飯。

崔廣才冷哼一聲：「這小子牛，一聲不響走了，直接就去高宏私募上班了。」

林東心頭拂過一絲憂慮，周銘去了高宏私募，對他而言可不是好事情。兵法云「知己知彼，百戰百勝」，目前而言，他們對高宏私募知之甚少，而周銘去了高宏私募，以他對金鼎的瞭解，高宏私募將會從他身上得知許多關於自己公司的資訊。

眾人見他臉色不好，仔細一想，也想到了這層。紀建明怒道：「玩了一輩子的鷹，臨了卻被鷹啄了眼。」

周銘坐在倪俊才的對面，倪俊才盯著電腦，臉色黑得嚇人。

「倪總，咱們還有多少資金？」周銘卻是一臉笑容，問道。

倪俊才狠狠瞪了他一眼：「這是你該打聽的嗎？」

周銘笑了一聲，「倪總若是覺得我礙眼，可以現在就把我開除了。想想我也真是愚蠢，當初竟把自己那麼廉價地賣給你，別以為我不知道你從我這得到的消息讓你賺了多少錢，誰都不是傻子。就算江河製造再跌三四天，你照樣還是賺錢的！」

倪俊才抬起頭，斜睨了周銘一眼，心道，這傢伙真不是好對付的，進來之後，一味地提要求談條件，就是不肯透露實質性的東西。

「周銘啊，你讓我一次性預付你半年的工資，這個我實在做不到，你也瞧見我這裏了，四壁空空啊。我表面上是你們的老闆，其實活得連狗都不如。三個月，頂多預付你三個月的薪水！」

周銘低頭想了片刻，說道：「好！為表誠意，我答應了！不過，倪總，我是誠心來投奔你的，你不該對我處處防備，否則的話，咱們真沒必要合作。我剛才問你還有多少可用資金，就是要跟金鼎做個對比。一旦開戰，難免要比著砸錢啊，咱們得提前做好準備！」

倪俊才伸出四根手指：「四千萬左右！」

周銘喜道：「據我所知，林東把錢分散投入了許多支股票中，而且他們並沒有打算拿出太多的資金來坐莊。資金方面，我方應該略比他們雄厚一些。」

倪俊才大喜，心道，這傢伙看來還真的有些價值。他立馬給財務打了電話，放下電話，對周銘笑道：「小周，去財務領工資吧，我已經交代過了。」

「那就多謝倪總了，希望咱們合作愉快！」周銘起身去了財務辦公室，他沒把倪俊才當作老闆，只將二人的關係定為合作夥伴，因為他知道他有這個資本。

譚明輝一覺睡到下午五點，伸了個懶腰，看到了放在床邊上的手機，隱隱約約記得上午有個人打了個電話給他，只是記不得是誰了，翻開通話記錄一看，才想起是林東打來的電話。

「林老弟，是不是有啥事？」

林東笑道：「是啊，想問問譚哥最近有沒有時間，我弄到了幾張小湯山溫泉的票，想請你一起去泡泡溫泉。」

小湯山溫泉是蘇城鼎鼎有名的度假勝地，放眼國內也是赫赫有名的，不過卻不對外開放，當初蘇城市領導決定修建的時候，主要目的便是用來接待上級領導和招商引資來的富商。若無過硬的關係，可謂一票難求。

「喲，那敢情好，老弟你真是有心啊，不枉咱倆兄弟一場。」譚明輝曾聽哥哥譚明軍說起過小湯山溫泉，早已心馳神往，但因小湯山溫泉一票難求，一直未能如願，聽得林東弄到了票，頓時精神大振。

「我一共弄到了幾張票，若是令兄有暇，不妨請他也過來放鬆放鬆。」林東故意一提，從他得到的情報來看，譚家兄弟如出一轍，都是追逐聲色犬馬之流。邀請譚家兄弟去小湯山溫泉度假是公關部穆倩紅策劃的方案，說林東只要負責將譚家兄弟邀到那裏，剩下的便由她來辦，保證能完成任務。

小湯山溫泉的門票非常難弄，林東費了好大勁，問了好些人，終於在問到傅家琮的時候，傅家琮明確告訴他不是問題。掛了電話不到十分鐘，傅家琮便打來電話，告訴他弄到了五張票，問夠不夠。

林東大喜，一個勁地感謝。傅家琮說不要謝他，那是他們家老爺子的面子。傅老爺子德高望重，在蘇城名望極高，是市裏領導的座上賓。市裏領導遇到難以抉擇之事，經常會向他討教。老爺子博古通今，常能以小見大，從不講大道理，卻總能令人豁然開朗。

「我哥若是得空，他一定是樂意去的。那地方，他去了一次就忘不了，在我面前念叨了很多次了。你等我電話，我幫你問問。」譚明輝的哥哥譚明軍比他更愛享受，也更懂得享受。

「好，譚哥，你看週三行嗎？」林東問道。

譚明輝答道：「我沒問題，閒人一個，一年三百六十五天天天都像放假。我問問我哥，看他是否得空。林老弟，我先掛了。」

第二章

大膽預測股市指數

林東道：「羅老師，請問您對這周的指數有何看法？」

羅平飛沉默了片刻，說道：「我預計在兩千點左右！林老弟，你的高見？」

「請大家見證，我預計的滬指在這週五收盤時的指數是二〇三二點！」

林東說出點數之時，演播室內的所有人都驚訝地看著他，

不管對他是否有好感，都認為他太狂妄自負，指數豈是能夠預測的？

掛了電話，林東驅車前往麗莎的住處。下午麗莎打電話過來說英國定做的衣服已經到了，要他過去試穿。林東本不想踏進麗莎的家門，害怕抵擋不住誘惑，再做下那荒唐之事。

不過麗莎再三讓他過去，說她身子不適，不能出門吹風，所以才讓他親自過去拿衣服的。林東無法，只得再三在心中告誡自己，不要為美色所迷……

林東將車停在麗莎的別墅前面，下了車，按了老半天門鈴，麗莎才下樓開了門。開門後，麗莎一句話也不說，身上裹著毛毯，朝樓上走去。

林東本以為麗莎是為了騙他過去才說謊稱病的，但進門後看到麗莎蒼白的臉色，便知是誤會他了。

「麗莎，哪裏不舒服？」他關切地問了一句。

麗莎卻不回答，進了臥室往床一倒，將毛毯裹得更緊，像是沒聽到林東的話。

林東走上前去，單手撐在床上，用另一隻手探了探麗莎的腦門，觸手燙人。

「麗莎，你在發燒呀！吃藥了沒有？」

麗莎閉著眼睛搖了搖頭，有氣無力地說道：「家裏沒藥。」

林東有了自己的車之後，高倩便準備了一個藥箱放在了他的車裏，說是以備不時之需，裏面放了一些常見的藥。他跑到樓下，從車裏的藥箱中取了一盒感冒藥，又立馬奔了上來。

麗莎見他一聲不響地走了，心中正在生著悶氣，又見他忽然間又回來了，氣鼓鼓地問道：「你上哪兒去了？我都這樣了，還要狠心丟下我不管嗎？」

林東亮了亮手中的藥盒，說道：「生病了不吃藥哪成？把藥吃了再睡吧。」接了一杯溫水，和藥一起送給了麗莎。麗莎心知是誤會他了，心裏的火氣立時就熄滅了，雖在國外生活了很多年，一直以新時代的獨立女性標榜自己，但她骨子裏仍是個中國女人，生病的時候也期望能有個人照顧，見林東如此關愛他，眼圈忽地紅了，模樣愈發楚楚可憐。

麗莎服了藥，感覺好了些，便下了床，說道：「走吧，看看你的新衣服。」林東跟在她身後，進了二樓的客廳，麗莎指著包裝嚴密的紙盒，「你把紙盒拆開，衣服就在裏面。」

林東找來剪刀，拆開了紙盒，取出衣服，在麗莎的要求下將所有衣服一一試了個遍，一旁的麗莎不住點頭。

「林先生，你真是一副衣服架子，穿什麼都好看。」

林東心道，若真是穿什麼都好看，還要花大價錢去英國訂做？

「麗莎小姐，衣服也試過了，不打擾你休息了，我這就走了。」林東轉身欲走，卻被麗莎叫住了。

「等等，林先生，明天晚上你就要上電視台錄節目了，還有一些社交禮儀你要學一學。來，我們現在開始吧。」

麗莎強撐著病體，在精力不足的情況下仍是細心指導林東每一個動作，一直到晚上十點多才結束。麗莎累得出了一身汗，看上去更加虛弱了，林東將她扶到床上，麗莎忽然雙臂圈住了他的脖子，做出一副待宰羔羊的模樣。

林東看到這粉色的大床，想起曾經的激情，想起那放縱的一夜，小腹中瞬間便火熱起來，但看到麗莎蒼白的面容，不忍心再折騰她，便強行打消了欲念。

「好好休息。」林東在麗莎光潔細嫩的額頭上摩挲了幾下，將她的手臂從自己的脖子上拿了下來，不理會麗莎那似乎在呼喚他留下的眼神，轉身走出來臥室。

林東出了別墅，深深吸了幾口氣，等到火熱的心冷卻下來，這才上了車，駕車一溜煙出了這片別墅區。

回到家中，已是夜裏十一點。林東打開電腦，將明天上節目的講稿翻出來看了幾遍。電視台的節目組已經提前告訴了他明天節目的主要內容，到時候會有一個蘇城本地知名的財經專家與他共同錄製。

節目組要求他們到時候各抒己見，不要害怕意見相左。用電視台的話說，叫有爭論才有進步，要知道中國歷史上思想文化最繁榮的階段便是春秋時候的百家爭鳴。

溫欣瑤從電視台節目組要到了另一位嘉賓的資料，是一個叫羅平飛的財經專家，年紀不到四十歲，在蘇城本地小有名氣。林東這幾天從網上找到了一些關於他的資料，得知羅平飛善於預測大勢，之前曾在電視節目上預測過幾次，百發百中，無一落空。

林東已經想好了作戰方略，既然羅平飛擅長預測大勢走向，就攻擊他的最強點！他有玉片的幫助，對大勢走向瞭若指掌。林東不信這樣還玩不過羅平飛！

將事先準備好的講稿記得爛熟於心，林東便關了電腦，洗漱之後，上床睡覺去了。剛入夢鄉，卻被手機簡訊聲攪了美夢。打開資訊一看，是麗莎發過來的。

「林先生，謝謝你的藥，我吃了之後出了一身的汗，現在感覺好多了。」麗莎躺在床上睡不著，腦子裏全是林東的影子，恨不得感冒慢點好，這樣她就可以藉口藥吃完了，讓林東再給她送藥。

「麗莎，這段時間為了我辛苦你了，改天我和溫總說一說，讓她給你放個長假，讓你好好休息休息。」

過了好久才收到麗莎回覆的簡訊：「林先生，一直沒告訴你，我這次留在國內的時間只有兩個月，過不了多久，我就回英國去了。」

林東知道麗莎是猶豫了好久才決定將這個消息告訴他的，忽然間睡意全消，想到與麗莎只剩下一個月相處的時間，竟莫名傷感起來，想起與麗莎經歷的種種，竟都是那麼瘋狂，宛如一夢。

林東放下手機，閉上了眼睛，心想麗莎走後，他會不會時常想起她，想起這個教會他男女之愛的女人。

「林總，江河製造的股價又跌停了！」

林東一進資產運作部的辦公室，就聽到崔廣才興奮地說道。整個資產運作部也是昨天才知道公司出了內鬼，才明白上次林東下令買入江河製造只是個計謀，根本沒有損失。

林東笑問道：「老崔，高宏私募有什麼動靜？」

崔廣才笑道：「他們失去了內鬼，就像是無頭的蒼蠅，只能亂轉，還怎麼跟著我們發財？」辦公室內響起一陣哄笑，眾人皆感大快人心。

林東將劉大頭叫到外面，遞了一支煙給他，二人點上火，抽了起來。

「大頭，抽了多少資金出來了？」林大吐著煙霧，問道。

劉大頭答道：「快兩千萬了。唉，許多股票仍是處於上升通道，賣了可惜了，我都心疼。」

林東笑了笑，說道：「再抽一千萬出來，湊齊三千萬，前期我不打算投太多，看情況是否需要追加資金。」

「行！等有需要再抽，不然那麼多錢趴著不動，咱一天得損失多少錢吶！」

中午收盤之後，林東四人就去了食堂。全公司的人都知道林東今晚要去電視台錄節目，個個都很興奮，不停問這問那。

紀建明道：「林東，聽說今晚和你對壘的是羅平飛，這傢伙我瞭解，他上過不少的財經節目，我都看過，很厲害！」

崔廣才道：「是啊，據說特別善於大勢走勢的分析，有過不少成功的案例。林東，今晚你可千萬別被他牽著鼻子走，避強就弱，才是戰勝他的良策。」

林東看看他倆：「我又不是牛，能被他牽著鼻子走嗎？你倆別小看了我。」

打了飯坐下，紀建明與崔廣才仍是在不停討論羅平飛的輝煌戰績。劉大頭時不時偷看一眼林東，似乎想說什麼。

林東見他欲言又止的樣子實在難受，便問道：「大頭，你有什麼直說無妨，悶在心裏，不怕憋死你。」

劉大頭訕笑道：「林東，其實我想說羅平飛很厲害，你要小心應付。」

林東的目光從他三人的臉上掃過，笑道：「哥幾個，要不要賭一把？」

紀建明與崔廣才當場贊同，劉大頭猶豫了一下，問清楚彩頭他才敢決定賭不賭，若是太大，他可不玩。

「林東，你若是輸了，咱哥幾個請你吃飯，你若是贏了，你請咱幾個吃頓飯。公平吧？」紀建明說出了他的提議。

劉大頭一聽，心想大不了輸掉一頓飯錢，還是三人合請，怎麼算都划得來，頓時便舉手也要加入。

林東明白這哥仨心裏的算盤，乾笑了幾聲，問道：「哥幾個，有些事咱得說在前頭，雖說都是一頓飯，不過在咱食堂和在西湖餐廳可不一樣啊！」

下午四五點，林東接到譚明輝打來的電話，聽聲音像是剛睡醒。

「林老弟，問過我哥了，他一聽說是去小湯山溫泉，嘿，滿口答應了下來。」

林東笑道：「譚老闆賞臉，兄弟榮幸啊！我馬上著人去安排。」

掛了電話不久，溫欣瑤就走進了他的辦公室。

「林東，七點鐘上節目，現在五點半了，該出發了。」溫欣瑤手裏拎著坤包，站在那裏等了他兩三分鐘。

二人一起進了電梯，溫欣瑤說道：「本來今晚麗莎會過來給你化個妝的，但因為發了高燒，只能讓電視台的化妝師化了。」

「溫總，麗莎病得嚴重麼？」林東不禁問道，心道，會不是昨晚帶病陪自己練習而使病情加重了，若是那樣，那可真是他的罪過了。

溫欣瑤道：「下午我去她家看過，燒得厲害，人都糊塗了。」

昨晚林東走後，麗莎打開了門窗，故意吹著冷風，如此一來，病情豈有不加重的道理。林東卻不知這些，聽了溫欣瑤的話，內心深處更加自責。

「今晚下了節目，我去看看她吧，這段時間累壞了她，總得關心關心。」

二人各自上了車，往電視台開去。到了那裏，已經是六點多了。節目組派了專人在停車場等候，見二人到了，熱情地迎了過來。

「您是溫總吧，導演怕您不認識路，讓我帶您上去。」那人微笑說道，在前面引路。電視台的大樓是蘇城第一高樓，走進一看，四通八達，到處都是進出口，若是沒有專人帶路，還真不好找。

那人將林東二人帶到節目組的休息廳，不一會兒，就見一個風姿妖嬈的中年女人走了進來，老遠便聽到她銀鈴般的笑聲。

「溫總，不好意思，事情較多，怠慢了。」

溫欣瑤笑道：「張姐客氣了，若是有事，儘管去忙，我們就在這裏坐坐。」

張美紅，蘇城電視台「財經論壇」節目的導演，與溫欣瑤在社交場合見過幾次面，彼此還算熟悉。

張美紅看了一眼林東，走上前來握了握手，問道：「這位先生看上去不到三十歲吧，年輕有為啊！」

林東靦腆一笑：「張導過譽了，小弟林東什麼都不懂，還請張導多多關照。」

張美紅見他出言謙遜，身上有一般年輕人沒有的沉穩，心中喜歡，笑得更加燦爛，說道：「今晚還有另一位嘉賓，羅平飛，他是財經方面的專家了，也來過咱們節目幾次。小林啊，你還年輕，今晚主要以學習討教為主吧，我相信羅先生會樂於提攜後輩的。」

林東聽出了張美紅話中的意思，她也認為林東不是羅平飛的對手，出於善意，才提醒林東不要與羅平飛針鋒相對。

「嗯，林東理會的，多謝張導提點。」

張美紅又聊了幾句，誇讚溫欣瑤衣服漂亮人更美，便離開了休息室。六點四十的時候，進來一個與林東差不多同齡的女人，提著化妝包。

那女人看到坐在角落裏的林東，忽地一皺眉，走近一看，確認自己沒認錯人，驚叫道：「林東，怎麼是你！」

林東本在低頭玩手機，聽她一聲驚呼，抬頭一看，驚訝道：「陳嘉，是你！」

陳嘉與林東是蘇吳大學同一屆的學生。陳嘉是美術系的學生，而林東則是物理系的學生。因為物理系女生資源簡直就是稀缺，經常會與女生多的院系聯誼。

大二的時候，林東的宿舍與陳嘉的宿舍進行了一次聯誼。當時林東本不想去，但是為了不被宿舍裏其他幾人說閒話，他只好硬著頭皮去了。

聯誼的那天，林東坐在角落裏悶聲喝啤酒，陳嘉似乎對他有點意思，坐到他身邊，頻頻與他說話。

在那以後，陳嘉經常主動聯繫林東，期末復習時，更是五點多就起床去圖書館給林東占位置。

林東本想把真相告訴陳嘉，但又害怕傷了她的心，且也不知道陳嘉的真正想法。等到有一天，初夏的一個晚上，陳嘉約林東去操場上散步，向他表白了心跡。

林東拒絕了她，告訴她自己已有了未婚妻。

「張導讓我進來給今晚的嘉賓化妝，不會是你吧？」陳嘉滿臉驚愕，問道。

林東點頭笑道：「對，我就是嘉賓之一。陳嘉，你怎麼進了電視台？」

自從林東拒絕之後，陳嘉再也沒有聯繫過他。有時候碰巧在校園內碰見，陳嘉也不搭理他。

「唉，你知道我是學美術的，工作難找啊，難道要我去當畫家嗎？我也不是那塊料。我姑父在電視台工作，便把我弄了進來，因為沒有真才實學，也只能給人化化妝了。」

二人再次相逢，陳嘉早已忘記了那段不愉快。她已結婚三個月了。

「哎呀，你看我光顧著跟你聊，快坐好，要給你化妝了，時間快來不及了。」

六點五十，陳嘉開始給林東化妝，羅平飛仍未到。

林東閉上眼睛，任陳嘉在他臉上折騰。

再一次那麼近看到這張臉，陳嘉的思緒一下子飛向了遠方，塵封的記憶被打開，那一段青蔥歲月她以為早已淡忘，卻發現仍是深埋在內心深處，歷久彌新。

「好了，睜開眼睛吧。」這是陳嘉最用心的一次化妝，越看越是滿意。

林東睜開眼，驚呼道：「陳嘉，這還是我嗎！」

溫欣瑤走過來瞧了一眼，笑道：「技術很不錯，化得很好。」

林東仔細看了看，鏡子裏的男人棱角分明，眼神犀利，皮膚更加富有光澤，竟然有點明星的感覺。

「陳嘉，謝謝你。」

陳嘉笑道：「咱們老朋友有緣重逢，什麼謝不謝的，本來就是我的工作嘛。」

「羅先生，您請。」

張美紅推開休息室的門，後面跟著一男一女，男的就是羅平飛，女的是他的助理安吉拉。

羅平飛大大咧咧地坐下，林東與溫欣瑤走了過去。

「請羅先生多多指教！」林東伸出手，羅平飛卻瞧也未瞧他一眼，反而對溫欣瑤極為熱情。

「溫總，好久不見了，節目結束之後是否可以請你喝杯酒呢？」羅平飛站了起來，個頭與林東差不了多少，看上去卻比林東魁梧許多。

溫欣瑤冷冷道：「羅先生貴人事多，我心領了。」

張美紅上來打圓場，笑道：「羅先生，節目快開始了，我們該進演播室了。」

羅平飛嘿嘿一笑，眼睛賊溜溜地在溫欣瑤胸前掃了一眼，一副色瞇瞇的神情。

林東見他那目光，心裏頓時躥起了一丈高的火焰，暗暗下了決心，非得讓這個羅平飛羅專家為他的輕蔑與褻瀆付出代價。

節目正式開始。

「觀眾朋友們晚上好，今天我們很榮幸邀請到兩位嘉賓，我左邊的這位是大家都已熟悉的羅平飛羅老師，我右邊這位是金鼎投資的總經理林東林先生。」

郭曉雲將二人簡單介紹了一下，便進入了正題。

「今年以來，行情時好時壞，許多股民朋友們打電話來問我們，遺憾自己沒能把握機會，沒抓住波段。為此，我們特意請來了羅老師，羅老師判斷大勢走向的能力無需我贅言。好了，觀眾朋友們該著急了，下面將時間交給羅老師。」

羅平飛清了清嗓子，開口道：「朋友們，大家好，很高興再一次來到咱們財經論壇，再一次與廣大朋友做交流。今年以來啊，尤其是第一季度，隨著年報的披露，股民對於高送轉的期待，A股迎來了一段小行情……所以說啊，今年這個行情，只要踩準節奏，股民朋友們還是能賺錢的。」

林東忽然打斷了羅平飛的話，問道：「羅老師，您能說說怎樣才能從當前的市場中賺錢嗎？」

羅平飛微笑看了林東一眼，感受到對方眼中的挑釁。

「等行情，做波段，踩準節奏就能賺錢。」

「您說的這些誰都聽得懂，但跟沒聽沒兩樣，您能說得更加詳細明瞭些嗎？」

林東一步步逼近，火藥味漸濃。

張美紅雙臂抱在胸前，皺眉看著林東，不明白他為什麼棄她的提醒於不顧，竟然主動上去招惹羅平飛。

她本想示意郭曉雲，讓她從中調和，但是看到不斷飆升的收視率，便打消了這個念頭，反而希望火藥味更濃些。

溫欣瑤為林東捏了一把汗，羅平飛能有今日的名聲，可不是靠一張嘴忽悠來的。若是林東敗了，不僅不會起到預想的效果，反而會適得其反。那將會對他的形象極為不利！

「從目前經濟環境來看，行情下行是必然的，我建議接下來須得小心謹慎，操作上，我建議持幣觀望，耐心等待！」

羅平飛說完，斜著眼睛看了林東一眼，這小子真是牛犢子不怕虎，步步緊逼，險些就快招架不住了，羅平飛的手心已沁出汗來。

林東又問道：「羅老師，咱們都知道任何行情下其實都是可以賺錢的，我想問一下，您接下來會比較青睞哪些板塊？」

羅平飛原本沒把這次錄製節目當回事，沒有做深入的準備，聽得林東一問，背後直冒冷汗。

他研究股市多年，經驗不可謂不豐富，雖然未作準備，卻也不會慌張。略一沉吟，羅平飛便開口說道：「強調一下，以下言論代表我個人觀點，僅供大家參考！房地產板塊、通訊行業是我比較看好的。」頓了頓，問道：「林老弟問了那麼多問題，也該我問你幾個問題了。同樣，你看好哪些行業或板塊呢？」

林東沉聲道：「除了你說的房地產板塊和通訊行業之外，我還看好航太航空、創業板概念股。羅老師，大家都知道您最善於大勢預測，請問一下，您對這周的指數有何看法？」

羅平飛皺眉道：「林老弟，你的意思是……」

林東笑道：「我的意思是具體的指數，您能預測嗎？」

羅平飛沉默了片刻，說道：「我預計在兩千點左右！林老弟，你的高見？」

「請大家見證，我預計的滬指在這週五收盤時的指數是二〇三二點！」

林東說出點數之時，演播室內的所有人都驚訝地看著他，不管對他是否有好感，都認為他太狂妄自負，指數豈是能夠預測的？

溫欣瑤緊繃俏臉，她不知林東為何那麼做。

「感謝大家收看本期的財經論壇，我是郭曉雲，觀眾朋友們，下周再見！」

林東出了演播室，溫欣瑤冷冷看了他一眼。

「張導，多謝你了，我們走了。」溫欣瑤告辭，張美紅仍沉浸在新創下的收視率中，揮揮手，派人送他們出去。

「林東，你跟羅平飛鬥什麼氣？你知道你那樣做浪費了我多少心血，將會給公司造成多大的損失嗎？你知不知道你在做什麼？對，你是氣到羅平飛了，可你付出的代價是毀掉你的名聲！」進了停車場，溫欣瑤控制不住情緒，朝林東吼了出來：「哪有人能算準指數！你瘋了嗎！」

溫欣瑤從未對他發過脾氣，林東也怒了，沉聲道：「我就是看不慣羅平飛的猖狂，我就是要他難堪！」

二人火氣都很盛，站在車旁對視了一分鐘，雙雙憤而離去，把車門摔得山響。

林東駕車離開了停車場，沿著路漫無目的地開著，不知何時下起了雨，他放下車窗，秋雨打進車內，冷風灌進來，讓他清醒了很多。

林東想了想，並不能怪溫欣瑤朝他發火，任誰也會生氣，除了他自己，其他人並不知道他有一塊那麼神奇的玉片。

在別人眼裏，林東今天晚上做的事情無疑是瘋狂且愚蠢的。溫欣瑤苦心為他安排機會上電視，便是為了擴大他的影響力，如果他預測的指數有誤，必會成為笑柄，成為蘇城股民茶餘飯後的閒聊話題。

而在他人看來，林東猜錯的機率是百分之百！

林東正在出神，忽然一道人影從他車前穿過，嚇得他猛地一踩剎車，頓時冷汗浸濕後背。他心情本就不好，停下車，本想罵那不長眼睛的人幾句，定睛一看，竟是陳嘉！

陳嘉舉著皮包，遮住頭頂，正站在月台下瑟瑟發抖。「陳嘉，上車！」

陳嘉聽到有人叫他的名字，轉頭一看，看到車內的林東，愣了一下，隨即跑了過來，鑽進了車內。

林東發動了車，問道：「陳嘉，你家在哪，我送你回去。」

陳嘉坐在林東的車內，問道：「林東，你們做私募的一個月多少工資？你才畢業一年多，就開上豪車了。」

二人聊了開來，陳嘉說道：「你今天的節目我看了，預測指數這種事情，你有把握嗎？」

林東笑道：「我若說有，那你信嗎？」

陳嘉看著他的側臉，許久才說道：「我相信你！」

林東心頭一暖，感激地看了一眼陳嘉，默然不語。

許久之後，陳嘉忽然說道：「林東，你現在那麼成功，和你的未婚妻應該早已結婚了吧。」

陳嘉無意中觸動了林東內心深處的那塊傷疤，林東默然許久，歎道：「有緣無分，你呢？」

「我結婚三個月了，老公是做外貿的。」

「恭喜你。」

陳嘉微微一笑，「前面右轉，再往前開一點就到我家了。」

林東將車開進陳嘉的社區內，一直將她送到樓下，雨仍在下。

「林東，去我家坐坐吧。」陳嘉邀請道。

林東笑道：「方便嗎？」

「沒事，我老公出差去了。」陳嘉催他下車，「走吧，快點。」

二人下了車，走進了電梯裏。陳嘉的房子很不錯，裝修得很精美，看得出她現在的生活很富足。

陳嘉為他找來拖鞋，說道：「林東，你先坐一會兒，我衣服濕了，去換套衣服。」陳嘉進了房間，不一會兒便聽到從房間傳來嘩啦啦的水聲。

陳嘉出來時，穿著紫色的睡裙，頭上裹著毛巾，邊走邊擦拭濕漉漉的頭髮。

「林東，不好意思，讓你久等了，身上沾了雨水，濕乎乎的難受死了，所以便去洗了個澡。」陳嘉倒上一杯茶水，遞給了林東，卻在他身邊坐了下來。

林東說了聲謝謝，鼻孔裏聞不到茶香，儘是這少婦迷人的幽幽體香。陳嘉比大學的時候豐滿了些，更多了幾分成熟的韻味。

陳嘉幽歎一聲，「林東，這次見你，明顯感覺到你比以前憂鬱了許多，我都不敢看你那憂鬱的眼睛了。畢業後的事情，可以跟我說說麼？」

上大學的那幾年，林東的交際圈子很廣，但是因為貧寒的家境，很少有女學生願意與他交往，陳嘉則是個例外。雖然陳嘉對他的苦戀最終被他拒絕，但林東心中一直很感激她。

他喝了口茶，今晚與溫欣瑤吵了一架，心情本就鬱悶，一時便把陳嘉作為傾訴的對象，跟她說起了畢業後這一年多來經歷的事情。陳嘉沒想到這一年多來他經歷了那麼多事情，心想也難怪他變得沉默寡言了。

「你不想挽回柳枝兒嗎？」陳嘉小心翼翼的問了一句。

林東看著她，沉默了片刻，說道：「怎麼會不想，可是她已嫁作人婦，我又能如何……」語罷，避過頭去，想到柳枝兒，心中驀地一酸，目中隱有淚花閃動。

陳嘉靠了過來，抱住了他，抱住了這個她曾心愛過的男人，呢喃道：「今晚別走……」

林東轉過身子，將頭埋在陳嘉胸前，緊緊抱住她。溫欣瑤不理解他，所有人都不理解他，至少還有這個女人一直信任他。

從陳嘉那裏醒來，已是凌晨五點。

「吃了早餐再走吧。」陳嘉見他起床，迅速穿好了衣服，去為林東準備早餐。

林東穿好衣服，看到陳嘉在廚房忙碌的身影，竟讓他產生了家的感覺。

「傻愣著作啥，快過來吃啊。」

陳嘉端著做好的早餐走出廚房，見林東正看著她出神，放下早餐，便過來拉著他去餐桌。

一杯熱豆漿，兩個荷包蛋，三片麵包，這便是陳嘉為林東準備的早餐，雖然簡單，卻是滿含愛心。

「林東，如果當初沒有柳枝兒，你會不會跟我在一起？」陳嘉將林東送至門

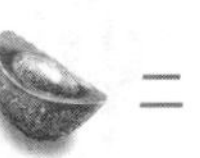

口，拉住他問道。

「會。」他想了一會兒，點了點頭。

陳嘉忽然抱住林東痛哭，她恨命運弄人，她恨為什麼表白不成便跟林東斷了聯繫，若不然，或許她就不會嫁給一個一年中有半年都在外面的男人。

「別哭了，怎麼了？」林東見她越哭越傷心，不知所措。

陳嘉哭了好一會兒，抬起頭，眼睛通紅，「林東，你走吧，若是想我了，記得打電話給我。」

「林東，你瘋了嗎！」

一進辦公室，劉大頭三人便先後跟了進來。

「指數你都敢預測到多少點！你清楚你在做什麼嗎？」

為了看林東的節目，他們三人昨晚推掉了所有的應酬，聚在劉大頭家裏，哪知林東會做出那麼瘋狂的舉動！

林東冷冷問道：「你們三人還有別的事嗎？」

三人一愣，皆是搖頭。

「林東，你不會是為了讓我們請你一頓飯故意輸吧？」

林東瞪了劉大頭一眼，三人啥也不說，退出去做事了。

他來時看到溫欣瑤的辦公室是鎖著的，知道她沒來上班。林東並不打算向她道歉，今天已是週三，到了週五收盤，所有的質疑與嘲諷都將煙消雲散。到那時，他要溫欣瑤向他道歉！

林東提起電話，給穆倩紅撥了過去：「穆經理，到我辦公室來一趟。」

穆倩紅嫋嫋而來，在他對面坐下，笑問道：「林總，有何吩咐？」

林東笑道：「穆經理，小湯山溫泉那邊準備得怎麼樣了？」

穆倩紅笑道：「一切就緒，他們什麼時候到？」

「我約好今天下午三點在下高速的路口等他們，如果對方守時，四點鐘左右應該能到小湯山。」

「林總，讓倩紅陪你一起去吧，早點接觸他們，對於我瞭解對方的喜好性格有幫助。」

林東笑道：「也好。穆經理，下午出發的時候我叫你。」

下午一點半，林東進了穆倩紅的辦公室，手裏拿著車鑰匙，笑道：「倩紅，我們該出發了。」

林東開車帶著穆倩紅，在一家高檔禮品店前停了下來。穆倩紅坐在車內打了個電話，立即便有店裏的工作人員將他們定的禮品送進了車內。送禮這個環節是在穆倩紅策劃的方案之內的，雖然增加了不少預算，但林東二話不說，便批了下來。

在市區堵了一會兒車，出了市區之後，林東便加快了車速，兩點半的時候，到了下高速的路口，停下了車。

到了約定的時間，林東給譚明輝撥了個電話過去。

「譚哥，到哪兒了？我在路口等好一會兒了。」

譚明輝笑道：「嘿，林老弟，你回頭看看。」

林東轉身望去，譚明輝的切諾基在前，後面跟了一輛陸地巡洋艦，心中不禁歎道：「好傢伙，一個比一個大！」

譚家兄弟放緩了車速，停住車，林東走了過去。

譚家兄弟下了車，朝林東走來。哥倆長相極像，只是譚明軍比譚明輝要大十來歲，是以能夠一眼分辨出長幼。

「譚老闆，久仰大名，得緣一見，榮幸之至！」林東與譚明軍握手言笑。

譚明軍笑道：「林老弟，幸會幸會。阿輝跟我說你特別有眼光，嘿嘿，名不虛傳吶。」他一邊說話，一邊在穆倩紅身上亂瞟。

「那咱走吧，我在前面帶路。」林東轉身往車裏走去。

穆倩紅則是呆呆地瞧著譚明軍的陸地巡洋艦，拉住林東，問道：「林總，我能不能坐那輛車？好大好霸氣啊，我還從未坐過哩。」

林東心頭掠過一絲憂慮，他第一眼就看出來譚明軍是個色狼，穆倩紅坐上他的車，會不會羊送虎口？但轉念一想，穆倩紅做了多年的公關，若是無法應對，也不會主動提出來了。

「倩紅，別問我，你得問問人家譚老闆願不願意。」林東笑道。

譚明軍求之不得，當下跑過去拉開車門：「美女，請上車。」

穆倩紅掩嘴一笑，朝譚明軍的陸地巡洋艦走去，譚明軍兩眼發直，猛咽口水。

林東上了車，開車在前面帶路。

譚明軍的陸地巡洋艦居中，譚明輝則開著他的切諾基跟在最後面。

「倩紅啊，這車也叫蘭德酷路澤，聯合國專用車……」譚明軍開始為穆倩紅介紹他這款車：「按我理解，男人作為一種雄性動物，應該充滿征服的欲望，而這款陸地巡洋艦就是最佳選擇，動力足，空間大，野性十足！」

穆倩紅微笑道：「譚總以車喻人，倩紅還是頭一回聽到那麼妙的比喻。」

譚明軍嘿嘿一笑，臉上掛著猥褻的神情。

第三章

背後的大鱷

「亨通地產？」

林東心一沉，沉吟道：「那不是汪海的公司嘛，倪俊才怎麼跟他還有聯繫？」

他忽然豁然開朗，明白為什麼高宏私募突然間起死回生，想必是汪海注入的資金。

轉而一想，這應該是好事，畢竟揪出了隱藏在高宏私募背後的大鱷。

這一路，譚明軍談興甚濃，他嘴皮子本就利索，逗得穆倩紅笑聲不斷。

林東開車朝東郊駛去，車子奔行在青湖邊上，時至傍晚，夕陽的餘暉灑在遼闊的湖面上，水波蕩漾，浮光躍金，一浪一浪金色的波濤朝河岸湧來，拍打著河岸，奏出一曲永不停歇的美妙聲樂。

「秋水共長天一色，說的便是眼前之景吧，真是好美啊……」穆倩紅癡癡望著湖面，由衷讚歎。譚明軍則全無心思欣賞美景，借穆倩紅出神之機，將她從頭到腳看了個遍。

再往前開了不遠，便見到了小湯山的界碑。林東放緩了車速，又行了兩公里，便到了小湯山溫泉，老遠便看到了樹立在山腳下巨大的招牌。

林東下了車，跟山下的門衛說了幾句，便放三輛車過去了。從山腳往半山腰開去，一條山路蜿蜒向上，漫山的楓樹紅似烈火，山風吹蕩，不時有落葉鳳舞飄飛。路上積了一層落葉，車子碾過，拉起一陣風，將紅葉吹得滿天都是，煞是好看。

花了十來分鐘，便到了小湯山招待所的門前。這裏雖名為招待所，卻因為招待的人群特殊，多是達官貴人，內部的環境設施要比五星級酒店還要好。

招待所的房子皆是木質結構，一排排的木屋依山而建，很有層次感，門前一道山泉繞過，林東四人跨過一座木橋，這才來到登記處。穆倩紅早已派人過來打點好了一切，四人繞過了登記手續。

「譚老闆，譚哥，二位先去房間歇息一下，待會吃晚飯時，我去叫你們。」林東將鑰匙送到二人手中。

譚明軍道：「林老弟別客氣，叫我譚大哥，叫我弟弟譚二哥，這樣多親切。」譚明輝也點頭稱是。

林東笑道：「那就恭敬不如從命了。二位譚哥，暫且先去歇息吧，養足精神，晚上我可準備了不少節目。」譚家兄弟相視一笑，與林東和穆倩紅打了個招呼，便各自回房休息去了。

穆倩紅跟著林東進了房間，道：「林總，譚明軍貪玩好色，應該容易搞定。」林東說道：「倩紅，我知道你們公關的辛苦，但我實在不願公司的成功以你們這些如花似玉的姑娘做出那樣的犧牲為代價，你懂我的意思嗎？」

穆倩紅點點頭，心中甚是感動，從來只有老闆為了做成生意，卻從未見過有為她們著想的老闆。

林東一看時間，此時剛過四點半，他還有一個小時的休息時間。打開手機炒股軟體一看，最近買的股票又賺了一大筆。做私募與自己炒股很不同，資金大，也就增加了操作的難度。有道是韓信帶兵多多益善，而這世上大多數人都是普通人，只有做小卒的天分，能夠為將率兵者甚少。

私募與散戶相交，就是將與兵的對比。或許這個比喻不夠恰當，但卻足夠形象。

林東雖不是科班出身，半路出家，但對於市場的敏感性卻是天生的。對於一個優秀的操盤手來說，天分比經驗更重要！經驗可以積累，而天分卻只能靠天生。即便是沒得到財神御令，未掌握那神奇的異能，假以時日，他也可以成為一個優秀的操盤手！

定了鬧鐘，林東躺在床上休息了一會兒。等到五點五十的時候，鬧鐘響起，他便起身去洗了洗臉，出門先去敲了穆倩紅的房門。

二人來到譚明軍門前，林東抬手敲了敲門，不一會兒，譚明軍就打開了房門。

「譚大哥，餓了吧，晚餐已經準備好了。」

這時，穆倩紅敲響了譚明輝的房門，譚家兄弟都出來之後，四人便朝著這排木屋的後面走去。進了一個亭子，因處於高地，可以俯瞰山下之景，只可惜暮色降臨，看不清楚。

四人在亭中落座，譚明軍坐在主位，林東與穆倩紅坐在兩邊的陪位。

山風清冽，吹得人有點冷。服務員走了過來，問是否可以上菜，林東一點頭，立時便有人將菜肴送了上來。但見桌上擺了滿滿一桌，水陸雜陳，四時珍蔬，應有盡有，山珍海味齊全。

譚明軍來過小湯山一次，知道林東為這桌子菜花了不少心思，心中甚為暢快，舉杯道：「林老弟，穆小姐，有緣相識，當為這份緣乾一杯！」四人碰了一杯，一飲而盡。

穆倩紅喝酒雖然上臉，但酒量卻是一流，幾杯下去，臉上便飄出了幾片紅霞，更加迷人。

「二位，嘗嘗這個菜。」林東為譚家兄弟分別夾了一段紫紅色的食物。

譚家兄弟吃完，兄弟倆相視一眼，轉而問林東道：「林老弟，那是什麼肉？軟綿綿的，口感不錯啊。」

林東笑而不語，譚家兄弟再三追問。

「二位老哥，不是我不說，實在是有女士在場，不方便說。」

譚明輝一拍巴掌，笑道：「哥，我想起來了，這玩意是虎鞭，我幾年前在東北吃過一次。」譚明軍看了一眼林東，林東微笑點頭。

「林老弟，這兒的廚子手藝不錯啊，一點膻味都沒有。」

兄弟二人得知竟是虎鞭這等稀罕的大補聖品，頓時便棄了其他菜肴，專在一個盤子裏找。穆倩紅早知盤子裏是啥東西，一筷子也沒動，見他兄弟二人吃得那麼歡，心裏泛起一陣陣噁心。

譚家兄弟將盤子裏的虎鞭全部吃盡，林東請來餐飲主管，一一為他們介紹。譚家兄弟心知這些珍貴食材個個價格不菲，看來這次花了不少錢。

譚明輝深諳人世，已猜到林東必是有事請他幫忙，便心安理得，甩開腮幫子吃喝。四人一共喝了兩瓶茅台，一人半斤左右，好在四人酒量都不差，都無醉意。

林東指著不遠處的一處亮光，笑道：「酒足飯飽，二位老哥，咱們去那兒泡泡溫泉，舒散舒散筋骨吧。」

譚家兄弟同聲稱好，譚明軍道：「穆小姐去不去呢？若是少了穆小姐，泡溫泉也沒什麼意思。」

穆倩紅掩嘴笑道：「來到小湯山，這裏的溫泉天下聞名，我怎麼會不去哩？」

聽得此言，譚明軍騰地站了起來，「事不宜遲，咱現在就去吧！」語罷，便走在最前頭帶路。

「聽說下個月金家還會有一批原石到貨，到時候林老弟你去不去玩玩？」譚明輝問道。

「哦，金家又有新貨要到嗎？那自然要去了。」

譚明輝聽得此言，心情又愉悅了幾分，說道：「林老弟既然也去，那我必然不會缺席。嘿，跟著你，能贏大錢。」

二人說笑間，便已走到了這條幽僻小徑的盡頭，溫泉外以竹籬笆圍著，譚明軍推開竹扉，走了進去。靚麗的侍女見他們進來，帶著四人去換衣服。

譚明軍見到林東的六塊腹肌，笑道：「林老弟，我二十幾歲的時候，身材不比你差啊，咱那六塊腹肌也是刀砍斧劈似的，誰見了不豎起大拇哥！」

幾人邊泡溫泉邊聊，譚明軍似乎對賭石極感興趣，自從聽他弟弟說一夜賺了五十萬之後，便也想去賭一把，一個勁地問林東怎樣看石頭的好壞。林東知道他是外行，便順口瞎編，蒙得譚家兄弟一愣一愣。

溫泉的水溫合適，冒著濃霧般的氤氳，雖有竹籬笆擋住，仍有凜冽的夜風吹了進來，吹得溫泉旁邊石頭縫中長出的小草左右搖晃。此刻，泡在溫泉裏，當真是說不出的舒爽。

譚家兄弟不知不覺已中了穆倩紅的圈套，溫水使血管擴張，血液流動加快，利於釋放酒精的效用，一壺酒下肚，兄弟二人已是暈乎乎的了。在溫泉裏又泡了一會兒，漸漸打起了瞌睡。

「二位譚哥，要不咱回房休息？」林東問道。

譚明軍睜開眼睛，點點頭，已在池子裏泡了將近三個鐘頭，泡得骨頭都酥了。

四人離開溫泉，朝木屋走去。

「二位譚哥先進房間吧，我已找了人來給你們做按摩。」

兄弟倆各自回房之後，穆倩紅打了個電話，便有兩名年輕女子走了過來。穆倩紅看著兩個女孩進了譚家兄弟的房間，轉身朝林東的房間走去。

「林總，都交代妥了。」

第二天早上七點，林東準時醒來，穆倩紅打電話過來。

「林總，醒了沒？」

林東笑道：「嗯，剛醒，怎麼啦？」

「我看今早的釣魚節目該取消了。」穆倩紅笑道。

林東不解，問道：「為什麼？」

「譚家兄弟昨晚折騰了好幾次，到現在還睡得跟死豬似的，就讓他們睡吧。」

林東心中笑道，看來昨晚吃的那虎鞭還真管用：「好吧，倩紅，就照你的意思來吧。你吃早飯了嗎，咱倆一塊去。」

「嗯，好，你洗漱好了過來找我。」穆倩紅聽到要與林東共進早餐，心情愉悅，對著鏡子左看右看，生怕哪裏的妝沒化好。

林東洗漱好，出門與穆倩紅會合，一起去吃了早餐。回來之後一看，譚家兄弟仍在昏睡。

「林總，我看他們倆不睡到中午是不會醒的。」

林東左右無事，看了看股市的行情，滬指目前是一九八九點，並仍有下跌的跡象。他打了個電話給劉大頭，問道：「大頭，高宏私募沒動靜吧？」

劉大頭笑道：「內鬼都除了，他還能有啥動靜？放心吧，有我盯著呢。」劉大頭只盯了他們正在做的股票，卻忘了盯著國邦集團，高宏私募那邊已經開始悄悄在進國邦集團的貨。倪俊才與周銘商議好了，決定預先埋伏在國邦股票中，出其不意給林東來個迎頭痛擊。

林東看了一會兒股票，看到帳戶裏不斷飆升的市值，心情愉悅了很多。上次高五爺說做實業的事情，他一直都在考慮，卻不知從哪一塊入手。做股票雖然賺錢，但若想擁有自己的帝國，就必須得有發達的實業作為支撐。

林東不經意地發現自己已經悄悄改變了許多，變得不滿足，變得貪得無厭，對於金錢、權力和女人的欲望似乎正在不斷膨脹。

譚明軍醒來時，發現已經將近中午十二點，愣神回味了一會兒昨晚銷魂蝕骨的滋味，便下床洗漱去了。譚家兄弟出了房間，林東正好打算去叫醒他們，三人在過道裏遇見了，打了個哈哈，心照不宣。

「昨晚喝多了，不小心就睡到了中午。林老弟，不好意思啊。」譚明軍笑道。

「沒事，本來打算請二位去青湖釣魚的，見二位睡得正香，也未敢去打擾。要說這小湯山的溫泉還真管用，我昨晚睡得也很沉很香。走，咱吃飯去吧。」

穆倩紅已經在飯廳等候，見譚家兄弟走了過來，起身相迎。四人坐定，一道道菜肴便流水般上來。

酒過三巡，菜過五味。穆倩紅說道：「林總吩咐我準備了一點小禮品，我已經讓人送到二位房間去了。」

譚家兄弟連說客氣，譚明軍心知林東必有事情找他，便笑道：「林老弟，陪我去趟洗手間吧。」

譚明軍在前面帶路，卻沒進洗手間，把林東拉到僻靜的一角，笑道：「林老弟，有什麼需要大哥幫忙的就直說。」

譚明軍是明眼人。林東當即便說道：「老弟是做私募的，想做你們國邦集團這支票，譚大哥，能否幫忙？」

譚明軍略微沉吟了一會兒，笑道：「不瞞老弟說，你找我正是時候，很快有一批大股東所持有的股票將會解禁，如果你能拉高股價，我們當然樂意。需要怎麼配合，你直言。老哥別的不敢保證，國邦集團這點事情，我還是有能力敲定的。」

林東大喜過望，他沒想到譚明軍什麼條件也沒談就直接答應了，頓時便握住他的手，「譚大哥，小弟記住你這份恩情。」

吃完午飯，就算結束了這趟小湯山溫泉的遊玩。與譚家兄弟一起開車下山，到了分岔路口，揮手作別。

林東在三點多到了公司，將劉大頭三人叫過來問了一下最近兩天的情況。劉大頭彙報了一下金鼎一號最新的淨值情況，每日都在創出新高，這令林東很欣慰。

崔廣才歎道：「林總，你知不知道我剛進公司時候的心情？我老在想那麼大一筆錢交給咱們幾個運作，如果虧了該怎麼辦？按照私募界的慣例，估計咱幾個都得跳樓謝罪。」

其他二人也皆有此想法，如今想起，仍是覺得恐懼，好在金鼎一號目前已進入正軌，投資者在短期內能收到巨大的回報，已遠遠超出了他們的預料，已有許多投資者主動要求追加投資金額。

林東問道：「老紀，高宏私募有動靜嗎？」

紀建明答道：「我已加派人手在盯著，還是沒有什麼發現。周銘每天都是早上上班進去，一直到下午下班才會出來。對了，這小子剛買了一輛車。」

林東冷冷一笑，說道：「時不我待，我已跟國邦集團的高管接洽過了，對方願意配合我們，我打算明天就開始我們的坐莊計畫。」

劉大頭三人紛紛響應：「太好了，我們等這一天好久了！」

「截止今天收盤，國邦集團的股價是每股四塊五，我的目標價位是將股價拉升到每股四十五元，翻十倍再出貨。從明天開始，悄悄吸貨，利用我們的多個帳戶分批進貨。動靜要小。」

「明白！」

「今天早點下班吧，從明天開始，咱就要打硬仗了。」

林東在辦公待到五點，下班之後開去了麗莎所住的別墅，在門前按了半天門鈴，卻無人回應。掏出電話，給麗莎撥了一通電話，也沒人接聽。林東站在門口徘徊了一會，給麗莎發了一條簡訊。

「麗莎，我很抱歉，因為我的事情讓你病情加重，好些了嗎？」

林東進了車，驅車離開了這片別墅區。麗莎站在窗前，躲在窗簾後面，看著他離去，眼淚順著臉頰流了下來，滴落在地毯上。她的心情很矛盾，很想撲進林東的懷裏，卻又害怕見到他，害怕因為他而毀了自己一貫的原則。

感情不過是一場遊戲，玩得開心就行。可惜這一次，麗莎卻發現這場遊戲並不能讓她開心。

林東一早到了公司，即將要開始實施他的坐莊計畫了，反而有點心神不寧的感覺。九點鐘不到，劉大頭三人也都到了公司，三人與林東碰了個面，將之前制定好的計畫又重溫了一遍，仔細檢查是否有疏漏之處。

崔廣才開玩笑道：「林總，你預測的指數今天下午收盤之後就要有結果了。嘿，我可是十分期待你請吃飯喲，不過……估計危險的。」

林東笑道：「我願賭服輸，如果我預測錯了，你們別耍賴就好。」

九點一刻，林東便進了資產運作部，他昨天晚上已將各個帳戶買入的數量分配好了，此刻拿出來交給資產運作部的同事。開盤之後，資產運作部便開始忙碌起來，為了不引起別人注意，他們只能通過多次下單來將資金分散。一天下來，每個人都要下單幾百次，甚至上千次，工作的強度很大。林東根據了國邦股票近期的走勢，設置了幾個價位，讓資產運作部的同事在價位附近吸貨。

高宏私募的操作室內，周銘與倪俊才相視一笑。

「終於開始行動了，好極了。」倪俊才笑道。

「倪總，我提供的消息值那個價吧，怎麼樣，還覺得自己花了冤枉錢？」周銘坐在電腦前，點了根煙，慢慢吸著。

倪俊才拍拍他的肩膀：「小周，還記恨我？放心吧，咱們的合作親密無間，等搞垮了金鼎，我給你發獎金。」

周銘冷笑道：「我說那林東搞來搞去也就那麼幾招，你看看這盤面，那麼多不大不小的單，我一看就知道是他在進貨。」

「先讓他吸點貨，反正咱們已經有了足夠的籌碼。等到他吸得差不多的時候，我要讓他知道什麼是晴天霹靂！」

中午吃飯的時候，劉大頭說道：「看來國邦股票真的是沒有莊家，咱們吸了一上午的貨，盤面上一點動靜都沒有。」

「像咱那樣一小筆一小筆地買進，誰能看得出來啊。」紀建明道。

林東沉聲道：「別忘了還有一個周銘！我一直在考慮一個問題，按理說周銘內鬼的身分已經暴露，失去了利用價值，為什麼倪俊才還會用他？這小子最近還買了車，看來手頭十分寬裕。對於一個沒用的人，倪俊才會高薪聘用嗎？」

他一說，紀建明三人也發現了問題，唯一的解釋就是周銘對倪俊才還有用，有大作用。

「嗨，別想那麼多了！我就不信那小泥鰍能折騰出多大浪花來？咱們有高管配合，到時候出個啥利好消息，股價立馬節節拔高，怕他個鳥！」崔廣才笑道，「趕緊吃飯，吃完飯抽一根去。」

下午國邦股票的盤面依舊平靜，隨著大量買單的進入和大盤的好轉，國邦股票的股價開始止跌回升，一度到達四塊六毛七這個關口。前期的高點是五塊三毛，這個點位將是個壓力位，也是個考驗點。如果能夠一舉突破，必然會有資金跟進。林東此刻還沒吸到足夠的籌碼，他無心拉升股價，倒是希望可以慢一點突破前期高點。等他吸足籌碼，到時候砸出一筆大資金，便能一舉突破前期高點。

劉大頭三人開始關注滬指，上午大盤在縮量下跌之後，下午一開盤，微跌之後開始反彈，大盤藍籌發力，各個板塊皆有表現，滬指一路上升，到收盤前五分鐘已到了二〇三〇點。

林東坐在辦公室內，盯著螢幕上的數字，雖然早知道自己會贏，但是想到那晚與溫欣瑤的爭吵，心頭仍是掠過一絲快感。

「二〇三一了！」資產運作部的辦公室內傳來崔廣才激動的聲音。

「天吶，二〇三二了！」

整個公司頓時炸開了鍋，林東笑笑翻開今天的報表，開始認真地看了起來。

「林東，你……你是怎麼做到的？」崔廣才一激動忘了規矩，他在公司的時候是林東的下屬，一向都叫他「林總」。公司所有的員工都堵在林東辦公室的門口，等待他的回應。

「大家是打算今晚加班嗎？放著手裏的事情不做，都來看著我幹嘛？我又不是動物園裏的猴子。」林東微笑著看著眾人。眾人聽他那麼說，知道從他嘴裏問不到什麼，紛紛各回各位，幹活去了。

「你哥仨留下，今晚羊駝子，別想賴賬啊！」

劉大頭道：「林總，你都贏了，按咱的賭約，是你請我們才對吧？」

「過來看看！」林東將三人叫到電腦前，「看清楚！」

「二〇三二點三點！」劉大頭三人面面相覷，認栽了。收盤之後，指數還會刷新一下，於是便多了零點三出來。

「壞人，你幹嘛這麼看著我？」高倩像是受驚的小獸，睜大眼睛，她已知道接下來要發生的事情，有點期待，也有點害怕。

「倩，還記得你的承諾麼？我想現在就要你履行你的承諾。」

高倩聞言，俏臉通紅，在他胸口捶了兩記粉拳，薄嗔道：「你這壞人，見了人家就想那事嗎？」語罷，她便伏在林東胸膛上，嬌軀因緊張而瑟瑟發抖。林東知高倩仍是黃花閨女，對她不能像對待麗莎和陳嘉那樣，頓時變得溫柔繾綣，與她熱烈地擁吻。

二人吻得呼吸急促，高倩身上的衣物逐漸被林東靈巧的雙手解去了一大半。林東第一次看到高倩的嬌軀，不由讚歎道：「倩，你真白……」

高倩低下頭，紅著臉道：「流氓，我去洗澡了。」

林東抓住她的胳膊，將她攔腰抱起，「一起去洗，我們去鴛鴦戲水……」

一時滿室皆春……

高倩將床單上的落紅剪了下來，小心的收好，狂風暴雨之後，躺在林東的臂彎中，彷彿像是進了寧靜的港灣，心中甜蜜一片。

「倩，你把我的床單剪壞了幹嘛？」

「那是我們之間愛的證明，我們要好好珍藏。」

二人聊起過往，林東問道：「那時我就是個窮小子，飯都吃不飽，你為什麼會看上我呢？」

高倩想了想，答道：「因為我從你身上看到了許多咱們這代人沒有的東西，勤奮，努力，還有不服輸！反正就是你身上的那股勁吸引著我，不知不覺就上了你這條賊船了。」

林東笑問道：「哎，我怎麼就成賊船了？」

高倩在他胸膛上掐了一把，「你剛才跟個土匪似的，還說不是上了賊船！」

倪俊才接到汪海的電話，立即放下手中所有事情，馬不停蹄地趕了過來。

「汪老闆，找我何事啊？」一進門，見汪海背對著門，汪海辦公室內的冷氣似乎開得有點低，倪俊才只覺背後一陣陣寒氣襲來。

汪海轉過身，嘴裏叼著一根雪茄：「倪總，時間過去個把月了，你打算什麼時候才整點動靜出來？告訴你，老子等得不耐煩了！」汪海從辦公桌上抓起一疊報紙，扔在倪俊才臉上，「你看看吧！」

「八零後天才股神擊敗著名財經專家羅平飛？」

倪俊才念出了報紙上醒目的標題，「八零後股神」指的就是林東，他草草將這篇文章看了一遍，不由得倒吸一口涼氣，心道，也太神了，怎麼可能！

汪海瞪著倪俊才：「你打算什麼時候動手，我還能不能指望你搞垮金鼎？」

倪俊才擦擦額上的冷汗：「汪老闆，已經開始動手了，我摸清了林東要坐莊的股票，已經提前做好了埋伏。只是如果想要徹底擊垮他，四千萬真的不夠！如果再給我一個億的話，我不僅能擊垮金鼎，還能幫您賺個上億回來。」

「此話當真？」汪海睜大他的小眼，看著倪俊才，試圖捕捉他臉上的表情，以窺測倪俊才的內心世界。

倪俊才鄭重點點頭：「在我們資本市場，誰的錢多，誰就能笑到最後。我已打聽清楚，金鼎初創，根本拿不出多少錢跟我們玩。所以，我想一個億應該夠了。」

汪海揮揮手：「你先回去，容我考慮考慮。」

倪俊才點點頭，躬身退了出去。

汪海猛抽一口雪茄，一個億對他來說不是小數目，目前手上根本沒有那麼多閑餘資金，但是倪俊才所言的利潤的確讓他動了心。他的公司剛剛上市，汪海考慮是不是可以挪用一筆錢出來，等賺了錢，神不知鬼不覺地補上。

週六上午，林東睡到上午十點才醒來，手機忽然響了，拿出一看，是陳美玉打來的電話。

「林總，有時間出來一起吃頓飯？」

電話裏傳來陳美玉充滿媚惑力的聲音，林東笑道：「陳總，你安排個地方，我請客。」

陳美玉說道：「那就在彼岸天堂見吧。那兒的牛排很不錯。」

「好！那地方我知道，現在就過去。」林東掛了電話，換了一套西服，驅車前往彼岸天堂餐廳，卻不知陳美玉突然找他所為何事。

到了彼岸天堂，林東等了一會兒，不到十分鐘，就看到陳美玉拎著小坤包，腰肢扭動，盈盈走來。

林東起身，紳士般為陳美玉拉開座椅。

陳美玉穿了一件淺棕色大圓領的針織線衫，白色的緊身小腳褲，脖子上帶著一條熠熠生輝的寶石項鏈，愈發襯托出她的貴婦氣質。

「謝謝。」陳美玉坐了下來，二人點了餐。

林東開門見山說道：「陳總，找我出來不僅是為了吃頓飯吧？」

陳美玉笑道：「林先生，你不覺得你問得太直接了嗎？」

林東搖頭否認：「恕我直言，我只是對您比較瞭解而已。陳總貴人事多，若是無事，斷然無暇約我吃飯的。」

陳美玉伸出手，為他倒了一杯茶，露出欺霜賽雪的一段玉臂，陽光透過窗子照射在她身上，可以看清她玉臂上稀疏的汗毛。

侍者送來他們的午餐，二人邊吃邊聊。

「我手上有個專案，不知林總是否有興趣？」陳美玉搖盪杯中的紅酒，說道。

林東有進軍實業界的打算，只是苦無門道，當下便問道：「陳總不妨說出來聽聽。你也知道，小弟我就那點身家，若是太多，我可承受不起。」

陳美玉悠悠道：「西郊有塊地，山清水秀，我打算拿下來建一間私人會所。上下的關係我已經打點好了，如果動工修建，大概需要一個億，我手頭的錢不夠。」

林東不解的是，陳美玉認識比他有錢有勢的人多了去了，修建私人會所這種專案基本上是穩賺不賠、日進斗金，為什麼她會找他投資呢？

「陳總，你還差多少錢？」

陳美玉道：「兩千萬！」

林東笑道：「陳總，兩千萬對你來說不是問題吧，你投在金鼎一號的一千萬現在已經漲到將近三千萬了，沒有考慮動用那筆資金嗎？」

陳美玉搖搖頭：「金鼎一號現在那麼賺錢，傻瓜才會去贖回呢。」

林東對這個專案挺感興趣，兩千萬對他來說是多了些，卻是可以達到的數字，於是問道：「陳總，我想知道這個專案其他出資人的情況。」

陳美玉望著窗外，陽光灑在她的臉上，在桌上投下一個美麗的剪影，「如果你要出資，那麼出資人便只有你我兩個人。」

陳美玉轉過頭來，看著林東，等待他的回覆。

「很好的專案，我也很感興趣，我想去看看那塊地，可以嗎？」林東沒想到沒有其他投資人，心中一想，這樣甚好，免得到時候發生利益糾葛。

陳美玉笑道：「自然可以，我帶你去看看。」

林東帶著心事吃了飯，陳美玉誰都沒找，偏偏找了他，而且她與左永貴的關係似乎也不是表面上那麼和諧。若不然，陳美玉怎麼會繞過左永貴，想另起爐灶？

二人吃了飯，林東叫來侍者結賬，沒想到這一頓看上去很簡單的午餐竟然要一千五百塊。

二人出了餐廳，陳美玉開車在前頭帶路，林東開車跟在後面，往西郊的方向開去。出了市區，漸漸加快了車速，過了三刻鐘左右，陳美玉的車子駛進了一條土路上，往前開了不遠，停了下來。

林東下了車，走到陳美玉身邊，指著不遠處一座小山下的空地說道：「陳總，你說的是那個地方嗎？」

郊外風疾，將陳美玉柔順的青絲吹得隨風亂舞，她一邊攏頭髮，一邊說道：「對，就是那塊地。怎麼樣？」

林東轉身看了一下四周，略一思忖，說道：「是塊風水寶地，可前面這塊農田怎麼辦？」

「放心吧，動工之前我肯定會買下這片農田。」

二人沿著田間的田埂，慢慢往小山走去。不足兩百米的距離，二人足足走了十幾分鐘。到了山腳下的空地處，陳美玉香汗淋漓，暈生雙頰，微微喘息著，略微歇了會，便說道：「我打算依山而建，建成之後，一定比皇家王朝更加氣派。」

林東明白她的意思，這座小山雖然不高，但卻頗為險峻，若是依山而建，氣勢上立馬拔高了幾分，倒是個不錯的選擇。可那樣的話，為了安全考慮，必然會耗費更多的資金。

他將想法告訴了陳美玉，陳美玉沉聲道：「要麼不做，要做就要做最好的！咱們建的是私人會所，來玩的都是有錢人，講究的就是氣勢排場，你說呢？」林東點頭同意她的觀點。

陳美玉籌備已久，頓時滔滔不絕地聊了起來。站累了，林東便扯下一堆樹葉，鋪在地上，二人坐了下來，交流彼此的想法。在認識這個女人之前，林東一直有個偏見，認為漂亮的女人多數是沒頭腦的，但現在他卻不敢那麼認為了。

無論是溫欣瑤還是陳美玉，皆是絕頂聰明，她們的能力比起許多男人有過之而無不及。

距離動工尚有好長一段時間，林東心想等到動工前，他應該已經賺到了兩千萬，那樣的話，也省得七拼八湊地去借了。國邦集團這一票一旦做成，金鼎投資將會有一筆驚人的利潤。目前，林東心裏想的只是怎麼把國邦股票做好。

二人聊至下午四點多鐘，夕陽西下，晚霞映紅了天際，殘陽如血，照得二人的臉紅紅的。

林東起身拍拍屁股，笑道：「陳總，天不早了，咱回吧。」陳美玉坐在地上久了，猛一起身，腿腳發麻。林東眼疾手快，一把抓住她的胳膊，將她拉了起來。

二人沿著田埂慢慢走回到土路上，到了路上，陳美玉的鞋上沾滿了泥土，白白的褲腳上也沾了許多枯葉和草籽。二人開車往回趕，到了市區，揮手作別。

林東給麗莎打了好多電話，一直無人接聽。他心中牽掛，心一橫，給溫欣瑤打了個電話。「溫總，你最近見到麗莎沒有？我聯繫不上她了，很擔心。」

溫欣瑤接到林東的電話大感突然，本來她已打算明天上班之後找他好好聊聊的，林東忽然打來電話，雖然與麗莎是朋友，心中仍是有一點點酸，說道：「麗莎的感冒已經好了，你放心吧。她去旅遊了，估計十來天後回來吧。」

林東說道：「那好，這樣我就放心了。溫總，打擾了。」

林東剛想掛斷電話，卻聽溫欣瑤說道：「林東，那天晚上我不該對你發那麼大火的，你別放在心上，我們依然是很好的合夥人。」

溫欣瑤擺明了向他認錯，這是林東想都不敢想的事情，那麼冷豔高貴的溫欣瑤竟然會向他認錯！

「溫總，我理解你的苦衷，畢竟我那麼做，誰都會認為我是瘋子。這也難怪你生氣的，是我之前沒與你溝通好。我覺得很抱歉，讓你擔心了。」既然溫欣瑤已經認錯了，林東作為男人，當然也該放下架子，此乃紳士表現。

溫欣瑤聞言，心中鬆了一口氣：「那咱們明天公司見吧，交流一下最近的情況。」

第四章

銷聲匿跡的聖盟

傅家琮問道：「老禪師你耳目遍佈天下，可知聖盟近些年有何動靜？」

智光禪師搖搖頭：「三百年前那一戰，天門隕落，聖盟也隨之銷聲匿跡。」

傅家琮詫異道：「聖盟怎麼會在聲勢達到頂峰時忽然隱匿？這究竟是為什麼？」

週一早上，林東剛到辦公室，紀建明便走了進來。

林東見他臉色陰沉，問道：「老紀，怎麼啦，出啥事了？」

紀建明道：「我的手下週六的時候在高宏私募外面蹲守，發現倪俊才火急火燎地出了公司，便跟蹤他，發現倪俊才進了亨通地產。」

「亨通地產？」林東心一沉，沉吟道：「那不是汪海的公司嘛，倪俊才怎麼跟他還有聯繫？」他忽然間豁然開朗，明白了為什麼高宏私募突然間起死回生，想必定是汪海注入的資金。

轉而一想，這應該是好事，畢竟揪出了隱藏在高宏私募背後的大鱷。

「老紀，這是好事啊，你怎麼黑著臉？」

紀建明冷哼一聲：「王濤週六便探到了消息，今天才告訴我。有這樣的部下，我能不生氣嗎？這若是在戰場，便是貽誤軍情，要殺頭的！」

二人都很清楚，消息對於資本市場而言更為重要，有時甚至高於一切。

「好好整頓整頓你的兵吧，王濤雖然有錯，但畢竟探到了重要消息，不要寒了眾人的心。具體尺度，你自己拿捏。」

紀建明點點頭，說道：「我會略施懲戒的，不過下不為例，再有貽誤情報的事情發生，絕不留情面。」

林東微笑點頭，當初讓紀建明接管情報收集科，就是看重了他身上的這股狠勁，若不然，如何鎮得住情報收集科那幫散漫慣了的人。

紀建明出去後，林東看到溫欣瑤進了公司，立馬跟了過去。汪海就是高宏私募背後的金主，這樣的重磅消息必須得跟溫欣瑤彙報，他已似乎嗅到了危險的氣息。

「溫總，高宏私募背後的金主查到了。哼，汪海真是亡我之心不死啊！」

「汪海？」溫欣瑤驚道：「汪海幾次三番在你手上吃了虧，他這個人心眼極小，是個有仇必報的小人，我們須得小心應付。」

林東沉聲道：「前段時間高宏私募跟著我們賺了不少錢，這段時間突然沒動靜了，這反而讓我擔憂。」

溫欣瑤問道：「我們的操盤計畫除了你們幾個，還有其他人知道嗎？我的意思是那個內鬼有沒有可能知道我們的操盤計畫？」

「我特意叮囑過紀建明幾個人不要外泄的，但凡事都有意外，或許他通過了其他管道弄到了咱們操盤國邦股票的計畫，這也不是沒有可能。」

溫欣瑤道：「從今天起，要嚴密監視國邦股票盤面的動靜！不怕一萬，就怕萬一。萬一我們的操盤計畫已經被高宏私募得知，後果將不堪設想！」

林東說道：「咱們的操盤計畫是否洩露，那已經是既定的現實。我現在擔心的是汪海到底給了高宏私募多少資金。溫總，我們拿不出太多的錢與敵人鬥啊！」

金鼎一號大部分的資金都分散投資在其他股票之中，大多數股票都還未到目標價位。按照既定的策略，是不會去動用那筆資金的。國邦股票的盤子不大，起初決定拿出四千萬來操盤已經是滿打滿算了。

「如今我們也只能走一步看一步了。被動只能挨打，林東，你腦子靈活，找一找有什麼法子讓我們重新掌握主動權。」溫欣瑤看著林東，將扭轉戰局的希望寄託在他的身上。

肩上擔著一個沉重的擔子，林東笑道：「溫總放心，我絕對不會允許任何人破壞我們辛辛苦苦才建立起來的基業。」

溫欣瑤微笑點頭，「我對你有信心！」

林東進入資產運作部的辦公室內，將眾人召集起來，開了一個緊急會議，宣佈進入「戰備狀態」。他面色凝重，沉聲道：「同志們，我們的操盤計畫有可能已經洩露，大家都是業內人，不用我多說，也知道後果有多嚴重。」

林東目光從眾人臉上掃過，見一個個面色凝重，目中藏著怨怒。他們都已知道周銘就是內鬼，心想這事情肯定是他所為，一個個義憤填膺。

「我看到了大家眼中的怒火，可我不希望這把火使我們頭腦發熱，喪失理智，我希望將這把火扔出去，讓它成為敵人的葬火！從現在起，我要求大家堅守崗位，盯緊盤面，不放過任何可疑的動靜。」

「林總，你放心吧，金鼎就是我們的家園，敵人膽敢侵犯我們的家園，我們必定死守寸土，絕不有失！」

資產運作部十四名員工，個個鬥志昂揚。林東甚是欣慰，對眾人點點頭，起身離開了資產運作部的辦公室，再次進入了溫欣瑤的辦公室。

「從高宏私募器重周銘來看，我猜測我們的操盤計畫已經被敵人掌握。溫總，咱們該著手準備打硬仗了。就憑咱們手上的這筆資金，我估計遠遠不夠，我打算再去活動活動，籌措些資金過來，以備不時之需。」

溫欣瑤站了起來：「你一個人力量有限，咱倆分頭行動，多拉點資金過來。」

二人各自分頭行動，林東將自己帳戶裏的股票清倉，已有了將近千萬的資金。但接下來卻不知找誰去借，他在路上茫然地開著車，忽然想到了傅家琮對他不同尋常地好，頓時心中一動，或許可以從他那裏拆借一部分資金過來。

林東驅車前往古玩街，到了集古軒的門前，見傅家琮正在送客。那人穿著僧袍，面皮白淨無鬚，卻是個二十歲左右的年輕僧人。林東站在一旁，見傅家琮送了那名僧人，這才上前打了招呼。

傅家琮將他請進店裏，笑問道：「小林，來找我有事？」

林東點點頭，簡明扼要地說明了來意。傅家琮幾乎是不假思索，說道：「一千萬夠不夠？」

林東心中大喜，連連說道：「夠了夠了。」

傅家琮能拿出那麼多錢支持他，已經大大出乎了他的意料，但轉念一想，他與傅家琮非親非故，卻不知他為什麼會放心將那麼大一筆資金交給他？

「咱說好了，這筆錢是我給你投資的，虧了我認倒楣。」傅家琮笑道，「明天是否有空，小竹峰的智光禪師邀我去敘舊，你若得空，可以去聆聽大師教誨，必不會讓你空手而歸。」

小竹峰在江省的最北部，距離蘇城有將近千里的距離，是國內頗具盛名的禪院。林東自幼心中對名山寶剎一直很嚮往，當下便答道：「太好了。智光禪師智慧超群，若是能聆聽他的教誨，勝過十年苦讀。」

傅家琮見他心急，笑道：「明天一早六點出發，別睡過了。」

「就咱倆嗎？」

「不，還有小女傅影。」

傅家琮隨林東去金鼎投資辦了投資手續，一切辦妥之後，林東將他送了回去，然後順道將車開到元和證券營業部下面的車庫，打電話將高倩叫了下來。

「倩，我明天要去一趟小竹峰，我今天清倉了，明天你將錢轉出來，以你的名義去我的公司辦理投資手續。」

高倩見他面色沉重，似乎心事重重，問道：「你為什麼清倉，是不是公司出事了需要錢？」

「還說不定，或許這錢根本就派不上用場。」

高倩一再追問，林東這才將內鬼周銘去了對頭高宏私募的消息告訴了她。高倩立馬意識到了事態的嚴重性，也難怪林東要忽然清倉，一旦對手發難，雙方為了爭搶籌碼，必然會展開一輪資金的對砸。

「若是需要錢，你可以找我爸爸，他有地下錢莊。」高倩提醒了一句。林東點點頭，心裏卻清楚，如非到了萬不得已的地步，他是絕不會找高五爺借錢的。不因為別的，只是因為高五爺是高倩的父親。

高宏私募的辦公室內。

周銘陰笑道：「倪總，薑還是老的辣，林東會想到全國各地都有你的人嗎？」

倪俊才笑道：「還是小心點好，若不是天南地北都有我的朋友，咱吸籌也不會那麼順利。這兩天國邦股票成交量明顯放大，我估摸著林東不會沒有察覺。」

周銘冷笑道：「他察覺了又能怎樣？這些帳戶天南地北都有，難道他還能管得了散戶買什麼股票不成？」

「等到汪海下一筆資金到賬，咱們就不必那麼小心翼翼了，那時，就該是亮出屠刀的時候了！」倪俊才臉上掠過一絲陰狠之色。

下午下班之後，接到汪海的電話，約他在汪海的梅山別墅見面。

倪俊才匆匆趕去，見萬源也在場。

汪海讓倪俊才坐下，說道：「我將萬老闆請來，不為別的，就是為了你說的一個億的事情。萬老闆有些興趣，你再給他說說。」

倪俊才心中狂喜，頓時口若懸河，滔滔不絕，將如何建倉，如何拉升，到最後如何出貨，添油加醋說了一遍。汪海與萬源皆是外行，聽了倪俊才這一番豪言壯語，竟也有點熱血沸騰的感覺。

汪海扔了一支煙給倪俊才，問道：「我和萬老闆想知道，你到底有多大把握？」

倪俊才故作沉吟，說道：「保守估計，成功率在百分九十以上。只要資金充足，我能將國邦股票的現價拉升十倍！二位老闆想想，這中間有多少利潤！」

汪海與萬源相視一眼，二人眼中露出掩藏不住的興奮，利慾薰心，他倆已決定賭一把！

「老倪，明天那筆錢會轉到你的賬上，記住你今天在這兒說的話，要是敢把我的錢搞沒了，你就跳樓吧！」汪海挪用了五千萬公款，還拉著萬源投資了五千萬，一共湊成一個億。如此一筆鉅款交給倪俊才，哥倆心裏都七上八下的，但利欲熏人心，他們最終還是選擇了冒險。

倪俊才直點頭，看著汪海與萬源陰冷的面孔，背後滲出一陣陣冷汗。

「請二位老闆放心，我們做私募的有規矩，若真是虧了這筆錢，不須二位說，我也沒臉活下去了。」倪俊才說完，汪海揮揮手，他便出了梅山別墅。

林東在下班前回到公司，將劉大頭三人叫到辦公室，問了問今天國邦股票盤面的情況。

「成交量放大了。」劉大頭繼續說道：「最近行情好轉，成交量放大應是正常

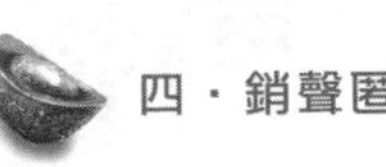

現象。高宏私募那邊暫時還沒發現有什麼動靜。」

林東道：「繼續盯緊了，我這兩天在公司的時間較少，有情況立馬給我電話。哥幾個，我有種預感，咱們這一次是真碰上對手了！」

次日一早，林東五點鐘起來，開車前往傅家琮家裏。這一片是蘇城古城區的住宅，白牆青瓦的三層小樓，極富蘇城特色。屋後面是一條小河，也不知通向哪裏。

傅家琮和傅影先後下了樓，林東見過傅影一次，二人卻沒說過話。

「影兒，快來見過金鼎投資的林總。」傅家琮引薦道。

傅影對他點點頭，林東微微一笑，二人算是見過面了。對於這種嬌生慣養的富家千金，既然不願意搭理他，林東也絕不會去巴結。傅影的冷漠，讓他對這個富家小姐並無好感。

三人上了車，傅家父女坐在後排的座位上。

林東還是第一次開車遠行，為了不至於開錯了方向，昨晚做足了功課，將路線都查清楚了，出了市區，上蘇彭高速，到了彭城市，再往北開大概百里，就到小竹峰。

到了中午，已經開了八百多里地。林東將車開進了服務區，停下吃飯，也稍微休整一下。沒開過長途不知道，沒想到開長途車這麼累。

三人簡單吃了午飯，繼續上路。傅家琮道：「小林，要不換小影來開吧，也好讓你休息休息。」

林東往傅影看了一眼，傅影攤開手掌，冷冷說道：「把鑰匙給我，我來開。」林東依她所言，將鑰匙交給了她，心中有點放心不下，看她細皮嫩肉的，也不知能不能開那麼遠。

車子發動之後不久，林東便知剛才的想法大錯特錯了。車子在傅影的操控下，啟動、加速、換擋，流暢平穩，比他開得要好很多。下午三點左右，便到了小竹峰山下。從彭城市下高速之後，往小竹峰的這段路十分難開，傅影像是來過很多次似的，輕車熟路，七拐八繞，順利地到了小竹峰的苦竹寺。

下了車，便有小沙彌走了過來，見了傅影，一臉喜色，叫了一聲「靈清師姐」。

傅影見了這小沙彌，面露微笑，說道：「靈覺師弟，三年不見，你長高了許多，師姐險些沒認出你來。」

這叫作靈覺的小沙彌丟了掃帚，說道：「我去通報師父！」一溜煙跑了。

林東聽小沙彌叫傅影「靈清」，心中若有所悟，心道，難不成傅影曾在苦竹寺修行過？寺廟什麼時候變得那麼開放了，竟也招收女徒了？傅影帶著二人朝寺內走去，傅家琮一路說個不停，將苦竹寺的建築景物一一向他道來。

「傅大叔，看來你是來過這裏很多次嘍？」林東問道。

傅家琮答道：「是啊，小影十歲便跟著智光禪師修行，一直到她十八歲，我每年都會來這裏一趟。」

傅影自從下山以來，已有三年沒有回過苦竹寺。這次回來，見到舊時之景依舊，心中不勝感歎。

此時已近傍晚，小竹峰地處偏僻，方圓百里的百姓多是一早趕來，下午便下山回去。三人進了寺廟之內，眼見香客寥寥，但殿宇卻甚是雄偉。一名黑鬚僧人步履匆匆，急急從大殿中走來，臉上掛滿笑意。

「傅居士，一別多年，別來無恙否？」那僧人走到近前，雙掌合十，唱了一喏。

傅家琮見到多年老友，神色激動，握住這名僧人的手，「有勞智慧大師牽掛，我一切都好。」

傅影見了這名僧人，恭敬地叫了一聲：「師叔！弟子靈清有禮了！」語罷，躬身施了一禮。智慧大師連忙將她扶起。

「這位是？」智慧大師看著林東，問道。

林東笑道：「智慧大師您好，我叫林東，是傅大叔的朋友。」

「哦，原來是傅居士的朋友，失敬失敬，三位，跟我來吧。」智慧禪師在前帶路，帶著三人穿廊過院，往小竹峰的山峰走去。林東放眼望去，山峰之上，郁郁蔥蔥的一片，山風吹動，掀起竹海碧波，隔了很遠，也能聽到竹葉摩擦的沙沙聲。

沿著上山的石階拾級而上，四人走了半個鐘頭，到達一處竹園。傅影加快腳步，朝竹園衝了過去，幾個起落，已落在竹園門前。林東揉揉眼睛，以為自己看錯了，剛才傅影表現出來的難道就是傳說中的輕功嗎？這不是在拍電影吧？

林東低頭一瞧，智慧禪師腳上的布鞋也是一塵不染，再看看自己腳上的皮鞋，鞋底已沾了厚厚的一層泥土。林東心知是遇到高人了。智慧禪師將他們帶到竹園內，院中樹下坐著一個老和尚，慈眉善目，傅影站在他的身後，正在為那白鬚老和尚揉肩。

「師兄。」智慧禪師叫了一聲。

林東心道，這應該就是智光禪師吧。

傅家琮雙掌合十，行了一禮：「老禪師無恙？」

智光禪師睜開眼，頷首微笑，寬袖一拂，將身旁的兩個竹椅推到傅家琮與林東的面前。智光禪師露了這一手功夫，看似簡單，卻需要極高深的內力。推動竹椅不難，若是用袖子將竹椅拂到兩三米外，且看上去輕描淡寫，輕鬆自如，這就需要很深的功力了。

「二位居士請坐吧。」

智光禪師抬手為二人斟了一杯茶，傅影端著茶盞送了過去。

傅家琮問道：「聽聞老禪師身體抱恙，我與小影匆匆趕來，如今病情如何？」

智光禪師笑道：「人老體弱，難免不生病。如今已無大礙，弟子們大驚小怪，勞你遠來，智光心中甚是過意不去。」

傅家琮笑道：「無礙就好。」

智光禪師目光深邃，看著林東，笑道：「這位居士似有心事，來到我這地方，就請將俗事拋去吧。」

林東身軀一震，心道，這老禪師果然了得，一眼就能看出我有心事，不知他是否有化解之法，當下問道：「老禪師既然看出弟子有心事，那不知可否為弟子指點迷津呢？」

智光禪師道：「我觀居士面相，乃大富大貴之相。眼下雖有一難，卻有貴人相助，不必掛心。」林東低頭沉思，不知老禪師口中的貴人是誰。

智慧禪師道：「師兄，我去準備齋飯了。」語罷，朝林東與傅家琮施了一禮，飄然去了。林東見苦竹寺眾僧風姿出塵，不禁心生敬意。

傅家琮與智光禪師談起佛理，林東聽不明白。智光禪師見狀，便令傅影帶著他四處走走。傅影不敢違逆師命，帶著林東出了竹園，到小竹峰四處逛了逛。

傅影在苦竹寺生活了八年，對這裏的一草一木皆有感情，她性情孤僻，有出塵之姿，本不愛說話，見林東問起山上的景色，不知不覺中打開了話題，與他聊了許久。這一個鐘頭裏說的話，竟比她半年說的話還多。

通過與傅影的交流，林東漸漸找到了她冷漠的原因，便在心中打消了對她的成見。一個女孩兒，在這佛寺之中生活了八年，每日與青燈古佛相伴，再活潑的性子也會變得沉默寡言。

二人逛了一圈，林東掏出手機，本想打電話給劉大頭問問情況，出來一天了，心中甚是擔憂公司的事情，但卻發現山上接收不到信號，只得作罷。遠遠看見有一人沿著山道走來，傅影朝那人走了過去，林東跟在後面。

「靈風師兄，又來給師父送飯啊。」傅影笑道。

靈風提著兩個飯盒，笑道：「師妹，聽說你來了，我還以為是靈覺騙我。智慧師叔說山上來客了，讓我多送些齋菜上來。」

竹園內，傅家琮與智光禪師面對面坐著。

「傅居士，御令消失三百多年，終於又出現了。」智光禪師長歎道。

傅家琮笑道：「老禪師果然慧眼，御令的確就在那孩子身上。」

智光禪師含笑道：「這孩子有龍鳳之姿，天人之表。不瞞你說，我一見到他，沉寂多年的心境竟然就亂了。歷代天門之主，無一不是人中龍鳳。既然御令已然選擇了他，咱們須得暗中給他些幫助才是。」

傅家琮點點頭，問道：「老禪師，我此次前來還有一事，你耳目遍佈天下，可知聖盟近些年有何動靜？」

智光禪師搖搖頭：「三百年前那一戰，天門隕落，聖盟也隨之銷聲匿跡。」

傅家琮詫異道：「聖盟怎會在聲勢達到頂峰時忽然隱匿？這究竟是為什麼？」

「我苦查多年無果。不過我想，只要聖盟還存在，天門再次崛起，他們就不會坐視不理，必會有所行動。」智光禪師閉上眼，心潮湧動。苦竹寺當初由天門門人所建，以寺院做掩飾，負責為天門收集資訊，鼎盛時期，耳目遍佈天下。

林東與傅家父女在竹園內用了齋飯，傅家琮與智光禪師幾年未見，被智光禪師留下來秉燭夜談。竹園並無多餘的禪房，智慧禪師便將林東與傅影帶到山下苦竹寺內的廂房。

傅影本就是苦竹寺的弟子，比較隨意，自去找一間廂房睡了。智慧禪師將林東帶到一個小院內，林東見其他兩間廂房的燈亮著，心知必是有其他在寺中留宿的人。

「林居士，你就住這一間吧。」智慧禪師將他帶進屋內，交代了幾句，便離開了。時間尚早，林東並無睡意，走出廂房，在院中的石凳上坐了下來，抬頭看著天上的星星，腦子裏想著下午智光禪師對他說的話。

「有貴人相助？不知我的貴人會是誰呢？」林東正想著，見有一人撞開院門，跌跌撞撞走了進來，後面跟著兩名年輕僧人。

「陸施主，請你以後莫要在寺中飲酒了。」兩名僧人語罷，雙掌合十，低聲念了幾句阿彌陀佛，便離去了。

那醉漢抬起頭，看見林東，嘿嘿笑了一聲，晃晃悠悠走了過來，林東隔著十來米，也能聞見他身上的酒氣。那人手裏拎著個酒瓶，走到近前，一下子趴在石台上，盯著林東，隔了半晌，張口說道：「兄弟，陪我喝酒！」

林東也不知這人是誰，見他喝得醉醺醺的，心生厭惡，冷言道：「還是別喝了吧。此乃佛門清靜之地，有道是入鄉隨俗，別壞了佛門的規矩。」

那人抬起頭，劍眉虎目，一雙醉眼之中寒光一閃，竟是如利刃般銳利。他瞧了林東一會兒，笑道：「敢問小兄弟，千年之前此處可有寺廟？」

林東知道苦竹寺建成只有三百多年的歷史，當下答道：「沒有。」

那人笑道：「佛家講究萬法皆空，既如此，咱們何不回歸本源？此處原本就是荒山野地，為何我不能在此喝酒？」

這醉漢之言雖強詞奪理，倒也詞鋒犀利，林東一時無法想出話語駁他，便道：「這位大哥，任你巧舌如簧說破天，我也不會跟你在寺內喝酒。你找錯人了。」

那人抓住林東手臂，笑道：「如此說來，只要出了寺廟，你就同意陪我喝酒嘍？」

林東一怔，隨即點了點頭。那人大笑一聲，拉著林東的胳膊，就往門外走去。

「你拉我去哪兒？」那人力氣奇大，林東掙扎了幾下才從他手裏掙脫。

那人回頭看了他一眼，很詫異地看了他一眼，卻是未想到林東力氣那麼大。

「兄弟，老哥誠邀你去喝酒賞月。你說佛門清靜之地不可飲酒，老哥依你，不在寺內喝酒，那咱們就出去喝，怎麼樣？」

那人目光灼灼，盯著林東。林東見他身材魁梧，相貌堂堂，應是個磊落之人，當下一點頭，隨他出了苦竹寺。那人看似醉了，卻清醒得很，帶著林東七繞八繞，卻是走了一條近路。

出了寺門，那人走在前頭，從停在外面的一輛悍馬車內拿出兩瓶酒，扔給林東一瓶。二人往前走了不遠，在一處空地上坐了下來，對著星光，喝酒聊天。

林東見他身上衣服髒兮兮的，沾滿油漬，看不出牌子，但衣褲的料子卻都是上乘的，便問道：「老哥，你來寺裏許久了吧，沒帶衣服嗎？」

那人知道林東話中之意，笑道：「衣服多得是，為表虔誠，所以我才沒換。」

「虔誠？」林東笑了笑，心道，難道這傢伙敢在佛前喝酒，還會虔心向佛？

那人幽歎一聲，猛灌了一口酒，嗆得臉通紅：「十年之前，正值嚴冬，下起了大雪，我做生意被騙光了所有身家，妻子也跟了仇人。我落魄失意，浪蕩天涯，途經此處，盤纏用盡，餓得暈倒在路旁，雪越下越大，我身上積滿了落雪，身體已經被凍僵，幸得智光禪師搭救，才撿回一條性命。」

那人撕開一袋酒鬼花生，遞給了林東，又從口袋裏摸出一袋來，撕開後，倒了一把在手心裏，塞了滿滿一嘴，鼓著腮幫嚼了一會兒，喝了一口酒，繼續說道：「我甦醒之後，智光禪師給我批了八字命言。」

林東來了興趣，急問道：「是哪八個字？」

那人抬頭仰望星空，說道：「潛龍在淵，以待天時！」

「潛龍在淵，以待天時？」林東沉吟了一下，問道：「那後來呢？」

那人往後一仰，倒在草地上：「後來……嘿，後來我陸虎成就發了！」

陸虎成經智光禪師開解，不僅重拾了信心，還找對了方向，下山之後，短短數年之間，風生水起，成為私募界的無冕之王。

「陸虎成？」林東驚詫道，「你是天下第一私募陸虎成？」

陸虎成歪頭看了他一眼：「哦，你也知道我？」

中國金融界的傳奇人物陸虎成，證券業誰人不知他的大名！林東看過他的傳記，知道他出生殷實之家，早年做生意被騙光了所有錢，還欠了一屁股的債，後來消失了一兩年，再次出現之後，便迅速崛起，建立了天下第一私募「龍潛投資」。

林東神色激動，沒想到眼前的醉漢竟是天下第一私募的創建者陸虎成，一時激動得語無倫次，不知該說什麼。

「陸大哥，我、我叫林東，仰慕你許久了。」憋了半天，林東斷斷續續說出了這幾句話。

陸虎成笑問道：「林東，若是早知我就是陸虎成，你會不會與我在寺內喝酒？」

「不會。不過我會主動邀請你到外面來喝。」林東像似想起了什麼，問道：「對了，陸大哥，你此次重回苦竹寺，所為何事啊？」

陸虎成灌了一口酒，說道：「當初智光禪師只批了我十年的名言，如今十年已過，我當然是來尋他問我接下來的命途了，只可惜智光禪師不肯見我，昨日夜裏，我趁寺中巡夜的僧人換崗，趁機摸到了小竹峰的竹園內，見到了智光禪師，卻又被他趕了下來。」

林東問道：「那智光禪師有沒有說什麼？」

「說了，說我不必再去尋他，只需在山下等待有緣人。」說到此處，陸虎成忽然睜大眼睛，翻身坐了起來，看著林東：「老弟，你不會就是智光禪師說的有緣人吧？」

林東心中一驚，想起智光禪師對他所言，顫聲道：「陸大哥，你不會就是我的貴人吧？」

二人既驚又喜，相互將智光禪師所言向對方說了出來。

林東驚歎道：「老禪師真乃神人也，有未卜先知的本事，竟能提前猜測到我會來。」

陸虎成發出爽朗的笑聲：「老弟，人各有命，許多事是命中早已註定了的。來！咱們乾了！」陸虎成拎起酒瓶，瓶子裏尚有半瓶酒，他倒懸酒瓶，咕嘟咕嘟生生灌下了半瓶酒。

林東見他如此豪放，不甘示弱，也如他一般，硬著頭皮將瓶中剩酒灌了下去。陸虎成喝完，將空瓶扔出老遠。林東一笑，也將酒瓶扔飛出去。

「痛快！」二人擊了一掌，手掌緊緊握在一起。

「老弟，莫非你也是行內人？」陸虎成目光炯炯，問道。

「不瞞你說，我也是做私募的。」林東答道。

陸虎成來了興趣，問道：「哦，哪家私募？」

「金鼎投資。」

「沒聽說過。」陸虎成性格磊落，不善作偽，實話實說。

林東也不覺得奇怪，當今私募界的龍頭老大若是知道他這個剛成立不久的小私募那就真是奇怪了。陸虎成看他似有心事，便要他說出來。林東直言，陸虎成聽了哈哈一笑。

「我當是什麼事情！原來就是這屁大點的事情，我與老弟有緣，咱不如就在佛前結為兄弟，日後你的困難就是我的困難，咱兄弟相互扶持，同心協力，遇神殺神，遇佛……拜佛。」

陸虎成想到自己身在佛寺，且馬上就要去佛前盟誓結義，不能對佛主不敬，當下閉嘴噤聲，呵呵笑了笑。

林東起身，將陸虎成拉了起來，笑道：「走！大哥，咱們現在就去佛前結為兄弟！」

陸虎成喝得太多，走路不穩。林東將他架起，扶著他朝寺內走去。二人悄悄溜進大雄寶殿之中，跪在蒲團上，拜倒在金身佛像前，同聲盟誓，引為八拜之交。

「兄弟！」

「大哥！」

二人相互攙扶而起，搖搖晃晃出了大雄寶殿，回到智慧禪師安排的禪房，共宿一床，抵足而眠。次日清晨起來，便聽到陸虎成在院中練功的聲音，林東穿好衣服，朝院子裏走去。

「大哥，你打的這叫什麼拳法？」林東見陸虎成雙拳生風，大開大合，頗有氣勢，不禁問道。

陸虎成打完一路拳法，停了下來，額上沁出細濛濛的汗珠，說道：「我年輕時當過兵，你剛才看到的拳法其實沒什麼名堂，就是根據軍體拳改編而來的。大哥早年落下了病根，須得勤加鍛煉，否則怕是活不到六十。」

林東道：「那你還這麼喝酒，早知如此，不管你昨晚怎麼說，我也不會同你喝酒的。」

陸虎成擦乾額上的汗，連連搖頭：「酒是好東西，沒有酒，我早就死了。」

林東注意到他說這話的時候臉上掠過一絲落寞的神情，想到陸虎成的過往，那段日子如果沒有酒，要他怎麼熬過來？

陸虎成拉著林東在石凳上坐了下來，笑道：「老弟，我已出來多日，如今心願已了，該是回去的時候了。你有何打算？」

林東心中憂慮公司的事情，恨不得立馬回去，便說道：「我等我的朋友辦完事情，應該立馬就會回去。那事情一日沒解決，我一日便無心情遊山玩水。」

陸虎成爽朗笑道：「老弟，你回去儘管開心吃喝就是，不用多想。」

林東點頭微微一笑。陸虎成吃完早飯，便開車回去了。到了中午，傅家琮從小竹峰下來，看出林東似有心事，便叫上傅影，三人動身趕回蘇城。晚上九點多鐘，林東將傅家父女送到家裏，開車回了自己家。

他的手機沒電了，出門又忘了帶充電器，到家之後，立馬接上電源充電。開機之後，手機便震動個不停。全部是劉大頭三人發來的簡訊。林東心知不妙，趕緊拎起座機，給劉大頭撥了過去。

劉大頭一天多沒能聯繫上林東，正坐立不安，在資產運作部的辦公室內來回踱步。偌大的一間辦公室，只有他與紀建明和崔廣才，其他人早已全部下班了。此時，劉大頭握在手中的手機忽然響起。

劉大頭一看是林東的來電，趕緊接通了。

劉大頭急道：「好你個祖宗！總算有音訊了！林東，事情不妙啊，今天開盤，忽然有筆大資金湧入，瘋狂砸盤，國邦股票直接被按在了跌停板上！」

林東打開電腦，進入國邦股票的介面，看到盤面的慘綠，心中一緊，這明顯是有人借砸盤引起恐慌，使散戶割肉，然後再在暗中吸籌。

「大頭，你怎麼做的？」他現在關心的是這個。

劉大頭答道：「聯繫不到你，我和老紀、老崔商量之後，只好跟著搶籌碼了。不過對方有備而來，咱們搶不過他。」

倪俊才得到汪海和萬源投來的一個億，有這一個億撐腰，膽氣足了許多，今早一開盤，將前段日子手上收集來的籌碼全部以跌停價掛了上去，幾萬手大單壓在跌停板上，盤面頓時一片慘綠，小散戶也跟著瘋狂拋售。倪俊才則命令手上的幾百個帳戶趁機揀籌碼，自導自演這齣自賣自買的把戲，來回倒弄一番，手上的籌碼多了一倍不止。

林東心裏鬆了一口氣，好在劉大頭沒把辛苦收集來的籌碼打出去。他說道：「大頭，你們做得對。好了，一切都等明天上班再說，你們下班回家吧。」

劉大頭三人聽他所言，收拾東西回家去了。

林東點了根煙，盯著國邦股票的盤面，從高宏私募的突然發難來看，他之前的猜測並沒有錯，周銘果然知道了他們的操盤計畫並出賣給了倪俊才，而倪俊才也終於忍不住了，露出了他猙獰的面目。

「周銘，倪俊才……」林東掐滅了煙頭，冷冷一笑。資本市場上，籌碼就是子彈，高宏私募因提前知道了他們的操盤計畫，並且從今日的盤面來看，對手顯然是資金充足，收集了眾多籌碼。

林東初步估計，高宏私募手上控制的籌碼應該在他們三倍左右。這場比拚，他已先輸了一招。在電腦前吸了一包煙，他仍是想不出反敗為勝的法子，開了七八個小時的車，又累又睏，當下強迫自己不要再去想這事，洗了澡便睡了。

第二天早上一到公司，溫欣瑤隨後也到了。她將林東叫到辦公室，面露喜色：

「林東，我弄來了六千萬，加上你弄來的兩千萬，資金問題咱們暫時不用愁了。」

林東心中大喜，雖不知道汪海投給高宏私募多少錢，但有了這八千萬，底氣頓時足了許多。

「溫總，謝謝你！」林東神色激動。

溫欣瑤笑靨如花：「你說的什麼話？難道這公司我沒份嗎？林東，我相信你的能力，一定可以化險為夷，打倒對手！」

聽了這溫馨的話，林東只覺一股熱血沖上頭頂，心中一片火熱，重重點了點頭。

第五章

兔死狗烹

周銘面色難看，轉過身去，最近倪俊才越來越不把他當回事，這已經不是第一次當著手下們的面罵他了。

「兔死狗烹！倪俊才過河拆橋，還沒把金鼎門垮，你就這樣不把我當人看。哼……」

周銘憤憤走出了辦公室，恨自己過早把林東的操盤計畫全盤告訴了他，早知今日，倒不如當初開個幾十萬的價錢賣給倪俊才，也不必現在天天受他的氣。

汪海一早起來，想起要看看國邦股票的走勢，打開電腦一看，頓時嚇了一跳，一股寒氣從腳底升起，一直上升到頭部，立即拿起電話，給倪俊才撥了過去，「倪俊才！怎麼搞的？國邦股票為什麼跌停？老子得損失多少錢啊！」

倪俊才靜靜等他罵完，不急不躁說道：

「汪老闆，淡定淡定啊。你聽我一說，你就不生氣了。咱要賺錢，是不是手上先得收集足夠的籌碼？沒有籌碼，到時候股價拉升了咱們怎麼賺錢？撈籌碼就像是去菜市場買菜，越便宜越好，我又不是傻子，我花資金砸盤，嚇得散戶割肉逃走，是為了能收集到更多便宜的籌碼。等我手上的籌碼夠多了，到時候再拉升股價，是不是賺得更多？」

如此淺顯易懂的道理，倪俊才本不願多說，但汪海這人偏偏不懂裝懂，盡幹外行人指導內行人之事，若是他不說清楚，只怕汪海把他生吞活剝了都有可能。

汪海聽了倪俊才的解釋，在腦子裏想了一想，覺得是這個道理，放下心來，說道：「你小子別耍花招，虧了我的錢，老子要你小命！」

倪俊才拎著手機，冷冷一笑，罵了一句。

周銘走了過來，見倪俊才面色難看，小心地問道：「倪總，眼看就要開盤了，咱們今天怎麼操作啊？」

倪俊才一拍桌子：「砸！接著砸！」

「倪總，照什麼位置砸？」

「這還用問！當然是砸到跌停！」倪俊才一大早被汪海一頓臭罵，心中不爽，火氣大了些。

周銘面色難看，轉過身去，最近倪俊才越來越不把他當回事，這已經不是第一次當著手下們的面罵他了。

「兔死狗烹！倪俊才過河拆橋，這還沒把金鼎鬥垮，你就這樣不把我當人看。哼……」周銘憤憤走出了辦公室，恨自己過早把林東的操盤計畫全盤告訴了他，早知今日，倒不如當初開個幾十萬的價錢賣給倪俊才，也不必現在天天受他的氣。

林東盯著一片慘綠的盤面，催促眾人下單搶籌。整個資產運作部只有十多個人，遇到這種爭分奪秒搶籌碼的時候，才顯出他們人手的不足。儘管這十來人馬不停蹄地下單，一上午一口水都沒喝，仍是趕不上高宏私募。倪俊才早為今日的戰鬥做好準備，臨時請了二十幾個操盤手過來，加上原先的人手，下單的一共有四十個。

在倪俊才瘋狂的砸盤下，大多數散戶捂不住手裏的國邦股票了，紛紛忍痛割肉逃亡。只有少數散戶看清了形勢，知道這是莊家拉升股價的前戲，反而趁勢買入，不過因為資金量實在太少，被他們吸去的籌碼少得幾乎可以忽略不計。

國邦股票的連續跌停，引起多方猜測，最多的猜測是上市公司業績不佳，連續虧損，而公司管理層卻遲遲無人出來澄清。

下午收盤之後，譚明軍打來了電話，問道：「林老弟，你開始行動了嗎？怎麼也不跟我說一聲？」譚明軍見這兩日公司的股價連續跌停，以為是林東掀起的浪花。

林東笑道：「譚大哥，跟你說實話，砸跌停這事還真不是我幹的。若是我幹的，之前肯定會跟你打聲招呼的。」

「哦，原來是老虎遇到獅子了。嘿，那我就不管了，需要老哥幫忙的，儘管吱聲。」譚明軍笑道。

「好啊，我不會客氣的。」

掛了電話，林東深深吸了口氣。目前的局勢，從另一面來看，實則對他們也很有利。他不怕高宏私募一直砸盤，只要對手還想獲利，等到籌碼充足之後，必然會拉升股價。如果是那樣，他要做的就是繼續收集籌碼，耐心等待高宏私募拉升股價，然後跟著出貨，坐等數錢。

林東腦中忽然閃過一個念頭，若是高宏私募出不了貨，全部砸在手裏了怎麼辦？林東理清思路，順著這頭往下想，一個擊垮高宏私募的計畫漸漸在他心中形成了雛形。

「汪海，我就陪你玩一把大的！」

林東點根煙，平復下激動的心情，整個計畫的細節他都已想好，現在還缺一個人，一個足可以左右勝負的人！

「老紀，到我辦公室來一趟。」林東用辦公室的座機給紀建明打了個電話。

紀建明放下手中的事情，立馬進了林東的辦公室：「林總，找我有事？」

林東請他坐下，說道：「交給你的部門一個任務，給我摸清周銘的底細，包括生活習慣、喜好等等，越詳細越好。」

紀建明笑道：「我當是什麼大事呢，這好辦，我會派人二十四小時跟蹤他，你等我消息吧。」

紀建明回到辦公室，將情報收集科的寧嫣倩和杜凱峰叫了過來，說道：「交給你們倆一個任務。」

晚上九點，周銘從樓上下來，穿著襯衫，秋夜風寒，凍得他在樓下瑟瑟發抖，不住搓手。過了一刻鐘，一個濃妝豔抹的女人走了過來。周銘迎了上去，繃著臉，「你怎麼才來？我在樓下都快凍死了。」

那女人沒好氣地道：「喲，讓你在樓下等我那麼一會兒都不願意？還說什麼為我生為我死的，你蒙誰呢？」

周銘立馬軟了下來，抱住那女人，說道：「敏芳，你誤會我啦，我不是想你著急嗎，不然怎麼會你一打電話就立馬過來？」

懷裏的女人哼了一聲，在周銘的臉上捏了一把。

二人進了樓道。

過了零點，杜凱峰看了看周銘家的窗戶，燈已黑了，心想周銘已經睡覺了。他怕在車裏抽煙嗆到寧嬌倩，便推開車門，下車抽了根煙。雖然白天的氣溫仍是有二十五六度，但到了夜裏卻只有十來度。

杜凱峰看到寧嬌倩在車裏動了動，抱緊了胳膊，知道她是覺得冷了，於是便脫下自己的外套，蓋在了寧嬌倩的身上。

第二天早上五點，寧嬌倩一覺醒來，睜眼一看，發現天已大亮，猛然坐起，杜凱峰的外套從她身上滑了下來。

「凱峰，你怎麼不叫我起來換你？」寧嬌倩本想責備他幾句，但看到杜海峰紅紅的眼睛，知他一夜未睡，頓時心中一暖，到了嘴邊的話又咽了回去。

杜凱峰笑道：「看你睡的香，就讓你多睡會嘍，哪知天那麼快就亮了。」杜凱峰對寧嬌倩也早有了好感，但是他不善於表達自己的情感，又不知寧嬌倩是否心裏有他，遲遲未敢表白。昨晚趁著寧嬌倩熟睡，竟癡呆呆的看著她的臉幾個鐘頭，卻怎麼也看不膩。

「快把衣服穿上，別感冒了。」寧嬌倩將杜凱峰的外套塞到他的懷裏，「咱倆換個位置，你一夜未睡，今天由我來開車吧。趁現在沒情況，你抓緊時間睡會覺。」

杜海峰應了一聲，和寧嬌倩換了個位置。

早上八點，周銘才和新交的女友李敏芳從公寓走了出來。周銘為李敏芳拉開車門，開車出了社區。寧嬌倩為防被周銘察覺，等周銘的車到了社區門口，她才發動了車，跟了上去。

杜凱峰聽到車子發動的聲音，猛然醒來，問道：「有情況？」

寧嬌倩邊開車邊說道：「沒什麼，周銘和他女友開車出去了。凱峰，你繼續睡吧，需要你的時候我叫你。」杜凱峰點點頭，靠在座椅上睡著了。

周銘開車送李敏芳到了她上班的地方，二人站在大街上來了個長達一分鐘的吻別，而後周銘便開車往高宏私募去了。寧嬌倩一直不遠不近地跟在他的車後面。周銘進了高宏私募，過了不久，杜凱峰醒來了，伸了個懶腰。

「嬌倩，餓了吧，我去買點早餐過來。」杜凱峰下了車，不到十分鐘就拎著早餐回來了。

「包子和豆漿，咱們趁熱吃吧。」杜凱峰餓壞了，昨晚盯了一夜的梢，肚子裏早就空了，肉包子一口一個，一轉眼已吃了五六個下去。

寧嬌倩看他狼吞虎嚥的樣子，咯咯笑了起來，「海峰，慢點吃，不夠我這還有，我吃不了那麼多。」

二人一直在高宏私募的樓下蹲守了一天，周銘壓根沒出來過。到了下午五點半，才見他提著包走出了大樓。杜凱峰已在他車上安裝了竊聽裝置，周銘一進車裏，就給女友李敏芳打了個電話。

「敏芳，今晚我有事，要忙到很晚，你就別過來了。」周銘在電話裏和李敏芳說了些甜言蜜語，掛斷了電話，調轉車頭，往城東的方向開去，在一間棋牌室外面停了下來。

「周銘，怎麼才到，財哥等你很久了。」棋牌室內出來一光頭，見了周銘，趕緊把他往裏面拽。周銘也看似心急得很，邁開大步子往裏面走去。

「老闆不讓下班，我也很想早點來，可他不許啊！」周銘邊走邊罵倪俊才。

「快點吧，財哥等得急了，小心他拿皮帶抽你。」光頭領著周銘進了棋牌室的一個包廂，關上了門。

周銘對著麻將桌旁的一名中年男子點頭哈腰，笑道：「財哥，來晚了。不好意思，讓您久等了。」

財哥是這一帶小混混的老大，好賭如命。周銘也有這嗜好，到了溪州市之後，賭癮發作，便摸到了這地方。一回生二回熟，認識了財哥等人，在一個桌上賭過好多次了。周銘近來手氣很順，這幾回都是他贏錢，財哥見他來得晚，本來心裏就有火，瞪了他一眼，也未搭理他。

杜凱峰和寧嬌倩怕被外面放哨的發現，便將車開到離棋牌室不遠的巷口。

「嬌倩，你在車裏盯著，我進去摸摸情況。」杜凱峰推門下車，寧嬌倩抓住了他的胳膊：「凱峰，小心！」

杜凱峰心中一暖，點了頭，下車去了。

他朝棋牌室走去，進了棋牌室，便有人上來問他玩什麼。杜凱峰笑道：「我與幾個朋友約好來這裏打牌的，他們幾個還沒到，我先等會兒。」那人聽了這話，也未多問，便離開了。

杜凱峰在棋牌室的大廳內轉了一圈，確定周銘是進了包間。

晚上十點多，財哥、光頭和周銘三人走出了棋牌室，周銘臉色很不好，相反財哥則是一臉笑意。周銘上了車，開車回了家。

接下來兩三天，杜凱峰和寧嬌倩一直跟著周銘，他三天之內來過兩次棋牌室，每次出來後臉色都很難看。杜凱峰將收集到的情報彙報給了紀建明，紀建明覺得掌握的資訊已經足夠了，便讓他們撤回來。

週五下午，紀建明帶著整理好的資料，走進了林東的辦公室，笑道：「林總，你要我調查周銘，有結果了，你看看吧。」

林東看到周銘三天之內去了兩次棋牌室，冷笑一聲，心中已有了一套完整的釣魚計畫，只是須得搭上財哥這條線。他仔細想了想，想到了李老，便拿起電話，給李老二打了過去。

林東笑道：「李老二，是我，聽不出來嗎？」

李老二哪能忘了林東的聲音，嘿嘿笑了幾聲：「喲，股神吶，你主動找我，我不是在做夢吧？」林東因為準確預測了指數，現在已經成為蘇城家喻戶曉的人物，就連李老二這種不玩股票的人也有所耳聞。

「李老二，有事找你幫忙，你認識一個叫財哥的嗎？」林東問道。

李老二想了想，問道：「哪個財哥？咱蘇城這地界好像沒這個人吧？對了，溪州市有個叫周發財的，倒是有人叫他財哥。」

林東一聽這話，便知道李老二認識財哥，笑道：「我找的正是此人，你和他有交情嗎？」

李老二道：「談不上交情，就是在一塊喝過酒賭過錢，你找他有啥事？」

林東道：「明天週六，你帶我去見見他，請他辦點事。」

「行！」李老二掛了電話，怎麼也想不通林東找周發財能有什麼事情。

這一個星期，因為倪俊才的高宏私募砸盤的緣故，國邦股票連續跌停，大批散戶割肉逃離，林東與倪俊才搶著撿肉，但大部分的籌碼仍是被倪俊才奪去了。新籌集來的八千萬已經用了六千多萬，而高宏私募花掉的更多。林東估計，過不了多久，高宏私募應該就會開始拉升股價。

倪俊才留了三千萬在手中，這三千萬是他用來拉升股價的。如今，手中的籌碼已經足夠，他打算從下周起停止砸盤，開始慢慢拉升股價。

林東點了根煙，盯著國邦股票慘綠的盤面，嘴邊漾起冷冷一笑，決定等到時機合適的時候幫倪俊才一把。

週六早上，林東到了和李老二約定的地點。李老二早已到了，上了林東的車，林東往溪州市的方向開去。在路上，李老二給周發財打了個電話，說是到蘇城辦事，約他吃頓飯。周發財欣然答應了，和李老二約好在哪家飯店見面。

林東開車好不容易找到了周發財說的館子，是一家專賣驢肉的菜館，沒進門，就聞到了一陣誘人的肉香。

進去一看，店門裝修很簡單，林東要了一間包間。中午十二點，周發財才晃悠悠地到了驢肉館，一見李老二旁邊還有個長相斯文的年輕人，打趣道：

「喲，老二，還是你們蘇城幫會牛，大學生都被你們招募入夥啦。」

「財狗子，林老闆想請你幫個忙。」李老二笑道。

周發財歪著頭看了林東幾眼，怎麼也看不出來這二十幾歲的小夥子竟是個老闆，心想定是李老二在吹牛。

林東從懷裏掏出個信封，放到周發財的酒桌旁邊。周發財拿起一看，估摸著得有兩萬塊，頓時臉上堆笑：

「林老闆，恕我眼拙，沒看出來您還真是位老闆，不知有什麼可以為你效勞的？」

「周銘你認識嗎？」林東問道。

周發財點點頭：「那小子經常找我賭錢來著，最近還輸給我不少錢呢。」

林東笑道：「財哥，有沒有辦法讓他多輸點？」

周發財沉聲問道：「林老闆，輸多少算是多？」

「不要太多，輸到讓他還不起賭債就行。」林東道。

周發財點點頭：「您等我的好消息，這事簡單。」

在驢肉館門前散了之後，已是下午三點，林東開車去賓館開了間房，給楊玲打了個電話。

「楊總，我現在人在溪州市，上次說好請您吃飯的，您今晚可否賞臉與我共進晚餐呢？」

林東打電話來時，楊玲正在開會，若是旁人打來，她肯定會按掉不接，但一看是林東，猶豫了一下，拿起手機，走出了會議室。

「林總，今晚再看吧，我現在在開會，下班後聯繫你。」楊玲本想一口答應下來，話到嘴邊又強迫自己換了說法。

林東笑道：「楊總，那就不打擾你開會了，我等你電話。」

已是晚上十一點，煙霧繚繞的包廂內，周銘揉著腦袋，哀求著周發財繼續玩。

「兄弟，不是我們贏了錢拍拍屁股就想走人，實在是你已經輸得沒錢了。等你先把這一堆欠條還上，再找我們賭吧。」周發財坐在周銘的對面，吐了口煙霧，噴在他的臉上。

周銘把車鑰匙從口袋裏掏了出來，往桌上一拍：「財哥，我把車押給你！我那車剛買沒多久，至少值十萬塊！」

周發財裝出很為難的樣子，手卻已經伸到了對面，將周銘的車鑰匙抓了過來，從牆上的老黃曆上撕下了一張紙，放到周銘的面前：「兄弟，老規矩，打張條子吧。」

周銘握筆的手直哆嗦，字寫得橫七豎八。周發財看了看他寫好的字條，從面前的那堆欠條中抽了幾張給他，正好是十萬塊。

「好，我們繼續玩！」周銘深吸一口氣，挺直了腰杆，振奮一下心情。

楊玲下班之後，在辦公室內猶豫了一會兒，開車去了超市，買了些菜，然後才跟林東打了電話。

「林總，還沒吃吧？」

林東笑道：「說好了等楊總您的回電，我怎麼可能先吃了呢！」

楊玲說道：「如果你不嫌棄，就來我家嘗嘗我親手做的菜吧。」

這倒是令林東吃了一驚，他怎麼也沒想到楊玲會親自下廚請他到家裏去吃，當下說道：「楊總說的哪兒的話，我怎麼會嫌棄，能嘗到楊總親自烹飪的美食，是我林東的福氣。」

掛了電話，林東便出了房間，開車往楊玲所在的社區去了。到了楊玲的家門前，按響了門鈴。

楊玲腰上繫著圍裙，跑過來給他開了門，見了他一臉笑容，「來啦，快請進吧。」拿了一雙拖鞋給林東換上，她又跑進了廚房洗菜去了。

林東換好了鞋，走到廚房門口，見楊玲切了許多菜，「楊總，太客氣了吧，你切了那麼多菜，我們兩個怎麼吃的了？」

自從離婚之後，楊玲便沒在家裏吃過一頓飯，這還是她離婚之後第一次做菜。

「吃不了放冰箱裏，我還可以繼續吃的嘛。」

林東見她切菜的刀工比他還差，就知道她不常進廚房，於是便走進客廳，脫下西裝外套，把襯衫的袖子卷起到手肘處，進了廚房，笑道：「楊總，那麼多菜，你一個人還不知道要忙到什麼時候，我來幫你。」

楊玲堅決不肯，把林東往外面推，「你是客人，怎麼能讓你進廚房？快出去看電視吧。」

林東笑道：「本來說好是我請你吃飯的，到最後卻是你把我請到家裏來吃飯，我心裏過意不去，你就讓我幫你打打下手吧，好嗎？」

楊玲見他態度堅決，歎了一口氣，「好吧，你要是不會，就在旁邊看著，可別瞎搗亂。」在她心裏，林東是堂堂一個公司的老總，又那麼年輕，怎麼可能會做廚房裏的活，所以根本沒指望他能幫上什麼忙。

「這個菜要切嗎？」林東已經拿起了菜刀，見楊玲點了頭，當下便切了起來。

……

晚上八點，楊玲和林東將所有菜都端上了桌，她倒了兩杯紅酒，二人舉杯碰了一下。

「真沒想到你的廚藝那麼好，真讓我自愧不如。」楊玲不勝酒力，喝了幾口紅酒，白皙的臉上已經生出了紅暈，更添幾分嫵媚。

林東笑道：「都是生活逼的，一個人在外打拚，又不能頓頓下館子，總得自己學著做。」

二人相聊甚歡，氣氛十分融洽。

楊玲忽然問道：「你知道嗎，高宏私募在做國邦股票。」

林點點頭，「我知道，我也在做這支票。」

楊玲最近也在觀察國邦股票的盤面，聽林東那麼一說，便問道：「砸盤的是你們還是高宏私募？」

林東說道：「是高宏私募，他砸盤，我跟著撿肉。」

楊玲秀眉微蹙，似乎明白了林東的意圖，「你是想等高宏私募那邊拉升股價，然後趁機出貨是不是？」

林東知道瞞不過她，坦言道：「你猜的沒錯，我正是那麼想的。」

楊玲沉吟了一會兒，說道：「這樣做沒錯，可有一點，你得摸清楚高宏私募出貨的時間，搶在他出貨之前出貨，否則一旦有情況，都出不了貨。」

楊玲一針見血的指出了要點，林東面露讚許之色，點點頭，「放心吧，我一定會在他之前出貨的。」

「嗯，我相信你！」楊玲注視著他，心中竟生出些許愛意，起初是一絲一縷，迅速在心田彙聚，到最後竟是浪潮一般狂湧。

林東見她眉目含情，盯著自己不說話，心道，難道楊玲對我有意思？

「楊總，多謝你的款待，不早了，我該回去了。」林東起身告辭，楊玲見他要走，神色黯然，頗為不捨的將他送到門外。

天亮了，周銘懵了！

這一夜之間，他輸掉了車，輸掉了所有存款，還欠周發財十三萬賭債。

「兄弟，還有什麼可以押的？沒有的話，咱今天就到這兒吧。」

李老二看了看周發財，嘿嘿一笑，心中暗道，林東還真是找對了人，周發財這傢伙真是吃人不吐骨頭，周銘遇到他，算是倒了八輩子血楣。

周銘臉色蒼白，嘴唇發紫，整個人都蔫了，嘴唇囁嚅道：「沒……沒有了……」

周發財站了起來，走到對面，拍拍周銘的肩膀，笑道：「兄弟，玩了一宿，財哥乏了，回去歇息了。你回去把錢準備好，明天不勞你送來，我自個兒上門去取。」

周發財嘿嘿笑了幾聲，邁步往外面走去，周銘看著他的背影，張了張嘴，想說什麼卻什麼聲音也發不出來。李老二隨後也出去了，包間內只剩下周銘一人和一屋子永遠散不去的煙味。

過了許久，周銘雙臂撐著桌子站了起來，跌跌撞撞地出了棋牌室，伸手到口袋裏一摸，卻什麼也沒摸到，看了看昨天來時停車的地方，車子已經不在了，這才相信自個兒是真的輸掉了一切。

「林老闆，接下來你要我怎麼做？」周發財問道，他手裏還有一堆周銘借債的欠條。

林東笑道：「周銘還欠你多少錢？」

「十三萬。」

「明天你就去找他討債，逼他還錢。」

「那小子一下子哪來那麼多錢還我？他能抵押的全輸給我了。」周發財不知林東心中的計畫，不解的問道。

林東道：「不必管他，你去要錢就行了，要狠一點，讓他知道如果還不清賭債，那就……」

林東說了一半，停住沒說，周發財心領神會，連聲說道：「明白，明白……」

送走了二人，林東也離開了酒店，打電話約了譚家兄弟吃飯。中午的時候，他在漁家飯莊定了包間，譚家兄弟在十一點左右的時候一起到了。三人釣了一會魚，將近一點，才開始吃午飯。

「林老弟，這次來溪州市不只為了請我兄弟二人釣魚吧？」譚明軍笑問道。

包廂前面是敞開的，正對著河水，秋風陣陣，河面上蘆葦搖晃，送來一陣陣清香。

林東笑道：「譚哥，十天後能不能放點利好消息出來？」

譚明軍沉思了片刻，說道：「放消息出來沒問題。嘿嘿，只不過消息就是消息，準不準我就不敢說了。」

林東笑道：「要是確切的消息我還不要，要的就是假消息。什麼收購、兼併、重組啊什麼的，這個你該懂的吧？」

譚明軍意味深長地笑了笑：「我知道該怎麼做了。」

「我會配合你們的，一定要炒得紅紅火火的。」

譚明軍問道：「林老弟，你就甘心別人從你嘴裏奪食嗎？要知道，這消息一出，對對方也有利無害啊。」

「有句俗話叫一山不容二虎，譚大哥，小弟也是沒法子啊。」

譚明軍嘿嘿笑道：「老弟心裏有計劃就好，需要我做什麼，儘管開口。」

三人吃完了飯，出了漁家飯莊，上車之前，林東塞了一個信封給譚明軍。譚明軍也不客氣，笑了笑收了起來。回到酒店，林東將全部的計畫又在腦子裏過了一遍，忽然想到遺漏的細節，便打電話給了穆倩紅。

「最近你們公關部出去活動活動，和咱們江省的報社、雜誌社什麼的聯絡聯絡感情。該請客吃飯就請，該送的東西就送，明天我通知財務撥給你們部門二十萬活動經費。」

穆倩紅笑道：「這個簡單，省裏幾家重量級的報社我都有熟人。」

林東提醒了一句：「倩紅，重點關注財經報刊，聯絡好感情，我不久就要派上用場。」

和穆倩紅通完電話，林東又打了個電話給溫欣瑤。

「溫總，你有股評家或是財經專家這方面的關係嗎？」

溫欣瑤知道林東的用意，到時候拉升股價，還得需要股評家搖旗吶喊。許多股民，尤其是小散戶，最喜歡關注各方面的消息，而他們又缺乏消息管道，於是便只能去關注股評家或是財經專家的言論。

林東相信高宏私募應該也在活動，心想前期拉升股價的重任就交給他們了。不過有些關係卻不能等到需要的時候才去培養，有道是有備無患，等到後期，必有用得著的地方。

「你等我消息吧。」溫欣瑤在證券業做了十幾年，積累了不少人脈關係，掛了林東的電話之後，在腦子裏把認識的股評家和財經專家過了一遍，已確定了人選。

周銘在家渾渾噩噩睡了一天，週一早上起來之後，鬍子也不刮，一臉滄桑地上班去了。沒了車，他只能擠公車去公司，到了公司樓下，正好看到開車過來的倪俊才，周銘趕緊跑上前去，幫倪俊才拉開了車門：「倪總，您早啊！」

倪俊才看了看他，心中疑惑：「今天太陽是打西邊出來了，這小子怎麼忽然變得那麼殷勤了？」

上午開盤之後，倪俊才命令停止砸盤，設了三個價位來吸籌。佈置完這一切，就進了他的總經理辦公室。過了一會兒，周銘進來了，笑道：「倪總，有個事情想跟你商量一下。」

倪俊才抬頭看了他一眼，見周銘笑得諂媚，心知他必有所求，當下便端起了架子，往椅子上一靠，說道：「說吧，啥事？」

「倪總，能不能預支給我半年的工資？」周銘試探地問道。

倪俊才翻了個白眼：「半年？不行。」

「五個月，行了吧？」

「你給我有多遠滾多遠。別一大早就來尋我晦氣。」倪俊才厭惡地看著周銘。

「三個月。倪總，我求你了。」

倪俊才冷笑道：「周銘，我明確地告訴你，一個月你都甭想。愛幹不幹，不想幹就給我滾蛋。你以為你是誰？跟我討價還價，你沒那資格！」

倪俊才罵得周銘狗血淋頭。周銘臉色鐵青，暗暗握緊了拳頭，恨不得立馬撲上去砸爛倪俊才的禿頭，但一想到以後還要靠他三萬塊的月薪過日子，又收回了手。

「周銘，今天我索性跟你說清楚，你還想在我這裏就給我安分點，我呢，就當養了一個閒人。記住你的身分，你和外面的人沒區別，我是你的老闆，以後不要跟我討價還價。如果沒事了，就給我滾出去吧。」

周銘咬著牙，轉身出了倪俊才的辦公室，找了個沒人的角落，給李敏芳打了個電話：「喂，敏芳，你有錢嗎？」

李敏芳正在上班，以為周銘是借錢應個急，便問道：「你要多少？」

「十三萬。」

李敏芳聞言嚇得驚叫一聲：「你到底怎麼了，一下子需要那麼多錢？」

周銘不敢說是賭錢輸掉的，編了個謊：「我開車把個老太太撞了，傷得很嚴重，家屬讓我賠二十萬，我還差十三萬。這不是沒辦法嗎？不然也不會問你借錢。家屬說了，如果不賠錢，就要告到我坐牢。這家人挺有背景的，我真怕啊！」

李敏芳急得滿頭是汗：「可……可我……我只有三萬塊積蓄，怎麼辦啊？」

周銘道：「你不是說你媽那兒還有十幾萬存款嗎？要不先借給我用用吧？」

「那可是她的養老錢，她又沒退休金，一輩子就攢下了這麼多錢，說什麼我都不會給你的。」李敏芳有些不悅，她與周銘剛認識沒多久，之所以同意做他女朋友，就是看上周銘花錢大方，現在忽然變成個窮光蛋了，她要仔細考慮考慮他倆以後的發展了。

「你把車賣了吧。」李敏芳提議道。

「好，聽你的，我這就去賣車，你先借給我三萬塊吧。」

李敏芳道：「我現在上班，下班後去你家。好了，不說了，掛了。」

周銘整整一天坐立不安，財哥的手段他雖未親眼見過，卻也有所耳聞，若是欠他的賭債不還，只怕他至少也得落得個殘疾。好不容易熬到下班，周銘拎起公事包便回了家。倪俊才現在壓根不把他當人看，這個公司，他一分鐘也不想多待。

「老狐狸，逮著機會，老子非砍掉你的尾巴不可！」

周銘回到家中，想好了說辭。李敏芳八點鐘下班之後，立馬趕了過來，她留了個心眼，沒把錢帶來。

周銘開門讓她進來，一見面就問道：「芳啊，救命的錢帶來了嗎？」

李敏芳搖搖頭：「唉，下班太晚，銀行都關門了。你的車是不是已經賣了？我在樓下沒看到你的車。」

周銘臉一冷：「是啊，我的車已經賣了，錢立馬就給了那家人。人家說明天還不把錢賠清，就去法院告我。」

「還差多少？」李敏芳問道。

「不多，三萬，就看你肯不肯幫我了。患難見真情，現在到了考驗咱倆感情的時候了。」周銘拉著李敏芳的手，含情脈脈地看著她。

周銘見李敏芳遲遲不答話，說道：

「敏芳，我一個月工資就三萬，你還怕我沒錢還給你不成？要不要立個字據？哼，我把心窩子都掏給你了，沒想到你對我的感情連三萬塊都不值，我真是心寒吶……」

周銘連連唉聲歎氣。

李敏芳心中矛盾，覺得這事情有點蹊蹺，卻又沒發現哪裏不對。她家境不好，學歷低，工作又不好，一直覺得能找到周銘這樣有學歷的高薪白領做男朋友挺自豪的，心想如果這次不借錢給他，看周銘這樣子，估計十有八九就要跟她吹了。

「好了好了，我又沒說不借給你，你至於說那麼難聽的話嗎？」李敏芳嘟著嘴，終究還是心軟了，坐到周銘的身旁。周銘一把抱住了她，堵住了李敏芳的口。

咚咚咚……

「開門……」

就在這時，門外響起了周發財的叫喊，鐵門被他砸得發出一陣陣刺耳的噪音。李敏芳抱怨地看了周銘一眼，催促道：「煩死了，你快去看看是誰，把他趕走。」

周銘機械地點點頭，起身朝門口走去。

「周銘，你再不開門，別怪老子動粗。」周發財在門口大喊一句，用力朝門踹了一腳，鐵門發出一聲轟響。

周銘像是聽到了驚雷，全身打了個哆嗦，險些站不住。他知道周發財是說得出做得到的人，若是不給他開門，只怕他會拿斧頭把門劈開闖進來，猶豫了一下，還是開了門。

周發財後面跟著禿頭，二人進了屋就朝裏面走去。

周銘像是丟了魂似的走到沙發旁，一臉死灰：「財哥，能不能寬限我幾天？」

周發財睜大眼瞪他，怒道：「自古賭債不離桌，你還要我寬限多久？你要是哪天跑了，我找誰要錢去？周銘，老子對你仁至義盡了，別廢話了，今天就給我還錢！」

「那麼短的時間，我實在湊不到那麼多錢啊。財哥，我給你跪下了，寬限我幾天，就幾天，好不好？」語罷，周銘撲通往地上一跪，眼中滿是哀求之色。

李敏芳越看越覺得不對勁，問道：「周銘，他們就是你開車撞傷的那個老太太的家人嗎？」

周發財和禿頭一聽這話，心裏樂了，心知周銘鐵定沒敢說真話。禿頭當下便笑道：「小妞，你男人騙你呢。我們是來找他討賭債的，他還欠我們十三萬，他沒錢，你就幫他還吧？」

李敏芳頭皮一麻，頓時便驚得跳了起來，厲聲問道：「周銘，你說實話，這個禿子說的是不是真的？」

周銘心知瞞不過去了，微微點了點頭，哀求地看著李敏芳：「芳，你一定要救救我啊，還不了錢，他們會殺了我的。」

李敏芳氣得渾身發抖，抓起包，朝周銘踹了一腳，「騙子，還想著我替你還賭債？」李敏芳朝他臉色吐了口唾沫，氣呼呼地走了。

周銘倒在地上，心如死灰。禿頭連踢他幾腳，才把他叫起來。

「財哥，你今天就是打死我，我也沒錢還你。求你寬限我幾天吧。」周銘苦苦哀求。

周發財冷笑道：「放心，我不會打死你的，不過我會讓你生不如死的！」周發財目中閃過一抹狠色，從懷裏掏出一把小斧，啪地一聲拍在茶几上，「咱們按規矩辦事，晚一天還錢我就剁你一根手指！」

「不要啊，財哥！」周銘站起身來想跑，卻被禿頭一拳搗在肚子上，痛得他抱住肚子跪了下來。禿頭揪住周銘的頭髮，把他按在茶几上。

周發財笑嘻嘻看著周銘，拇指在小斧的鋒刃上刮來刮去。

周銘尾椎骨裏生出一陣寒氣，嚇得面色慘白，此刻周發財臉上的笑容對他而言無異於惡魔的獰笑。

周發財舉起斧頭，用力朝茶几劈了下去，砰地一聲，斧刃深深陷入了茶几中。周銘的半邊臉貼在茶几上，巨大的震盪震得他耳鳴不止。

周銘感到莫大的侮辱感湧上心頭，但如今他為魚肉，周發財是刀俎，他無力反抗，歇斯底里地發出一聲狂吼，流下了悔恨、屈辱的淚水。

「財哥，不要啊，我答應你。」周銘嚇得尿了褲子，全身抖得篩糠似的：「財哥，你緩我幾天，我一定湊到錢還給你。」

周發財站了起來，拍拍周銘的肩膀：「好了，我走了。你抓緊。」

周發財和禿頭走後，周銘一頭倒在沙發上，過了許久，他坐了起來，翻開手機裏的電話簿，開始向朋友和同學借錢，就連以前在金鼎的同事他也打了電話借錢。

第六章
無間道

周銘回到家中，給林東打了個電話，說道：

「林總，倪俊才已經基本相信我了，就看那支股票明天的表現了。」

林東道：「好，你做得不錯。我在適當的時候會給你一些重磅性的消息，以便讓倪俊才更加信任你。」

周銘沉聲道：「我明白，請您放心。」

「林老闆，按您的意思，我已經逼得周銘那小子快發瘋了。」

林東沉聲道：「財哥，別把他逼死了，我要活的，活的才有用。」

周發財笑道：「林老闆，你放心吧，那小子可愛惜自己了，絕不會做傻事。」

林東叮囑了他幾句，掛了電話不久，接到了劉大頭的電話。

「林東，周銘不知道為什麼開始四處借錢了，這孫子還敢把電話打給我，說他老娘病了，急需錢做手術，要問我借一萬塊錢。」劉大頭覺得這事情蹊蹺，便打電話來跟林東彙報。

「大頭，你回個電話給周銘，答應借錢給他。」林東道。

劉大頭拿著電話，表情一僵：「你瘋啦？借錢給一個叛徒！」

林東笑道：「我自有打算，你跟他約好地點，然後告訴我，我送錢給他。」

劉大頭不知林東葫蘆裏賣的什麼藥，以他對林東的瞭解，知道他心裏必然已有了主意，便說道：「那好，我現在就回電話給他，你等我消息。」

「嗯，好，約個隱蔽的地方。」林東叮囑了一句。

周銘倒在沙發上，睜眼看著天花板，神情呆滯。他打了一圈電話，竟沒一個人願意借錢給他。他平日眼比天高，瞧不起人，沒什麼交情深的朋友，借不到錢也是理所應當的。

電話忽然響了起來，一看竟是劉大頭的來電。周銘心中狂喜，心道，終於有人肯借錢給自己了嗎？

劉大頭道：「周銘，你要借多少錢？」

「十……十三萬。」

劉大頭倒吸一口涼氣，驚叫道：「多少？十三萬？」

周銘怕數字太大嚇跑了他，連忙說道：「其實也可以少點，劉經理，那你有多少錢？」

劉大頭沒有回答他的問題，說道：「你明早到水渡碼頭等我，我把錢給你。」

周銘道：「別麻煩了，我把卡號給你，你滙入我帳戶吧。」

劉大頭怒罵道：「你要是嫌麻煩就別問老子借錢。我滙你帳戶，你倒是想得美，不立個字據給我，以後我找誰要錢去？」

周銘被他一頓臭罵，一點脾氣都沒有，不住地點頭：「對對對，是我疏漏了。那咱們明早水渡碼頭見吧。」

水渡碼頭在蘇城與溪州市的交界處，周銘睡到夜裏，起來後到大街上攔了一輛計程車，告訴了司機地點。

路上除了計程車之外，幾乎沒有別的車輛。空闊的馬路上車輛寂寥，司機加大馬力，以白日裏幾倍的速度往前狂奔。到了水渡碼頭，剛過四點。周銘付了車費，身上分文不剩。

星空澄靜蔚藍，星輝點點，如顆顆珍珠般點綴在藍寶石似的穹宇內。水渡碼頭安靜了下來，河面上吹來冷風，傳來陣陣潮水湧動的聲音。

周銘在江邊找了個地方坐了下來，從口袋裏掏出一包煙，抽出一根點燃，慢慢吸了起來。漆黑的江邊，只有一點微弱的火光。將近黎明時分，是一天中最冷的時候，周銘裹緊了外套，凍得手腳冰冷。

這兩三個小時似乎漫長無期，當清晨第一縷陽光灑落在大地上之時，周銘恍惚間有種恍如隔世的感覺。他站了起來，活動活動凍僵了的四肢。過了八點，仍是不見劉大頭的蹤影。

周銘心中忽然升起一股不祥的預感：「劉大頭不會耍我吧？」他越想越覺得有這個可能，他是以一個叛徒的身分離開金鼎的，他怎麼也想不透劉大頭有什麼幫助他的理由。

周銘扔掉煙頭，心中怒火萬丈，屋漏偏逢連夜雨，沒想到竟連看上去老實的劉大頭也來戲耍他，真是越想越生氣。他身上已經沒錢了，看來只能走回去了。從水渡碼頭步行到他家至少也得七八個鐘頭。周銘又寒又餓，勒緊了腰帶，邁步往回走去。

走了沒幾步，他又停了下來，心想如今只有劉大頭這一根救命稻草，如果走了，那就真的只能被剁手指了。雖然他已經很肯定是被劉大頭當猴耍了一回，但心裏仍是抱有一線希望。

「再等半小時，他不來我就走。」周銘停下腳步，決定再等半個鐘頭，想摸根煙抽抽，卻發現兜裏只剩一個空空的煙盒。

林東開車到達水渡碼頭之時，老遠便看到了正在翹首祈盼的周銘，在他面前剎住了車。

周銘看到來的是他，眉頭一皺，心道，「他怎麼來了？」他本以為劉大頭也在車內，仔細一看，卻發現只有林東一人。

林東下了車，朝他走來。

「林總……」周銘不由心虛膽寒，倒退了幾步。

林東笑道：「周銘，我給你送錢來了，你怎麼一直往後退啊？」

周銘心中一喜，問道：「是劉經理讓你來的嗎？」

林東道：「上車說。」轉身進了車，周銘猶豫了一下，跟了過來。

林東拿起一個牛皮紙袋，說道：「我可以借給你，不過你要怎麼還我？」

周銘緊緊盯著林東手中的牛皮紙袋，有種死而復生的感覺，連忙說道：「我每個月有三萬塊工資，林東……不，林總，我幾個月就能把錢還清。」

林東冷笑道：「倪俊才對你還真是不錯啊，三萬月薪，呵呵，挺好挺好。」

周銘見他冷酷的表情，心往下一沉，心想林東既然已經知道自己去了高宏私募，是絕對不會借錢給他了，看來又是空歡喜一場。

「林總，倪俊才根本不把我當人看，我受夠他了。你把錢借給我，我立馬就去辭職，求你救救我吧……」周銘乞求道，模樣可憐之極。

林東冷冷瞧著他：「你若是丟了倪俊才給你的飯碗，別說借錢給你，我連看你一眼的興趣都沒有。」

聽了這話，周銘腦筋急轉，心想他到底是什麼意思？

「林總，您說吧，我照您的意思辦。」周銘雖不清楚林東具體的目的，但是他清楚林東絕對是帶著目的來的。

林東笑了笑：「沒別的，幹回你的老本行，我要你將倪俊才的操盤計畫告訴我。這個對你而言不難吧？」

周銘低頭咬唇沉思了一會，道：「林總，我不瞞你，如今我對倪俊才已經失去了利用價值，我根本得不到核心消息。當初我做了對不起金鼎的事情，我也想找機會彌補過失，只是……我怕有心無力啊……」

林東略一沉吟，問道：「倪俊才對我的操作計畫還有興趣嗎？」

周銘不假思索地答道：「他做夢都想知道你買什麼股票，他不止一次在我面前說佩服你的選股能力。自從我離開金鼎之後，他沒了消息，還經常唉聲歎氣。」

「這個好辦，我可以透露些消息給你，足夠你在倪俊才面前牛氣起來，讓他重新重用你。具體怎麼操作，不用我教你了吧？」林東笑問道。

周銘笑笑搖搖頭。

林東將牛皮紙袋送到他手裏，說道：「裏面是三十萬，以後與我單線聯繫。除了你還債的十三萬，剩下的是我給你活動的經費，你要在高宏私募的內部培養起一批盟軍。事情辦好了，我重重有賞，事情辦砸了，哼，我會讓你比現在更慘。」

周銘看到林東眼中有一道凌厲的寒光閃過，恍然大悟，輸錢、逼債、借錢，這一系列事情都是眼前這個男人策劃好的。周銘歎了口氣，認清楚了形勢，無論是手段還是財力，他都無法與林東較量，只能認栽了。

「這件事我會辦得漂漂亮亮的，只希望高宏垮了之後，林總能賞口飯吃。」

「做事謹慎點兒，別讓倪俊才發現。」

周銘點點頭：「我自己搭車回去，林總，你先走吧。」語罷，推門下了車。

林東發動了車子，掉頭往蘇城的方向開去。

周銘還清了賭債，然後立馬去了公司。倪俊才見他將近中午才到公司，冷笑道：「周銘，我還以為你捲舖蓋走人了呢。嘿，無故曠工半天，得扣三天薪水。」

周銘笑了笑，一臉無所謂的樣子，「扣吧，反正我也不靠那點死工資。倪總，你不想知道我上午去哪裏了？」

倪俊才見周銘忽然端起了架子，心道，莫不是他又得到了什麼消息？立時鬆下了臉皮，笑道：「周銘啊，還生我氣呢？我待會跟財務說，讓她不要扣你工資。」

「倪總，千萬別為我破壞了公司的規矩。」周銘連忙擺手，一副不在乎那點錢的樣子。

倪俊才覺得他今天有點怪，便問道：「周老弟，你上午到底幹嘛去了？」

周銘嘿笑道：「人吶，得自己想辦法，誰都靠不住的。你不肯預支工資給我，我只能自己去想辦法啦。過不了幾個月，我買婚房的錢就有了。」

倪俊才問道：「你昨天跟我說想預支工資，是為了買房子？」

周銘點點頭，「是啊，女朋友家裏催著結婚。現在的房價太貴了，算了，不說這個了。」

倪俊才心想買房可是一大筆錢，這小子說幾個月就能賺到，這不是誆自己吧？他左看右看又覺得周銘不似在吹牛。

倪俊才心裏一驚，沉聲問道：「兄弟，你是不是又有消息了？」

周銘臉上露出一個意味深長的笑容：「想想我上午去幹嘛了。不說了，我該去工作嘍。」周銘說完，慢悠悠往辦公室走去，倪俊才想了想，跟了過來，拉住了周銘的手臂。

「老弟，朋友新送了一盒上好的大紅袍給我，走，去我辦公室品品。」語罷，拉著周銘進了他的總經理辦公室，親自為他端茶送水，表現出了極大的熱情。

「老弟，說實話，你是不是又能從金鼎弄到消息了？」

周銘說道：「這兩天沒瞧見我的車吧？告訴你，我把車賣了。為什麼賣車，因為我知道進股市折騰幾番，我那雪鐵龍就能變成寶馬。你猜得沒錯，我是從金鼎那邊弄到消息了。他們資產運作部有我一個關係非常好的哥兒們，那哥兒們缺錢，我缺消息。我和他商量好了，他告訴我林東買什麼股票，我出資金，到時候賺了錢，我和他對半分賬。」

倪俊才遞了一根煙給他，並幫周銘點上。周銘的話他信了八分，卻仍有兩分懷疑，心想這小子昨天為了找他預支工資模樣那麼淒慘。

「老弟，能不能透露給我？你吃肉，讓我也能聞聞肉香，是不是？」

周銘心知倪俊才還是不相信他，所以便拋出個問題來檢驗真假，好在林東早有防備，與他分開之後，發了一條資訊給他，告訴他近期即將走強的股票：「西風礦產，你關注一下，要建倉就趕緊，到了明天你買不買得到可就兩說了。」

倪俊才連連點頭：「老弟，多謝你啦。昨天是我心情不好，說的話你別往心裏去。老哥在這給你道歉了。」

周銘哼道：「倪總，你這是幹啥子？你是老闆，我是員工，哪有老闆不罵員工的？你跟我道什麼歉，我可受不起啊。」

倪俊才眉目含笑，從抽屜裏取出個精美的小盒子，硬塞給了周銘：「朋友送的玩意兒，太花哨了，我這年紀不合適，你拿去用吧。」

盒子裏裝的是一款做工奢華的打火機，國外大牌。周銘看了一眼，知道這玩意至少也得值個七八千塊，心想倪俊才為了討好他，還真是捨得下本。

周銘實在是喜歡這個打火機，笑道：「倪總，那我就恭敬不如從命。」

晚上下班，周銘回到家中，給林東通了個電話，說道：「林總，倪俊才已經基本相信我了，就看那支股票明天的表現了。」

林東道：「好，你做得不錯。我在適當的時候會給你一些重磅性的消息，以便讓倪俊才更加信任你。」

周銘沉聲道：「我明白，請您放心。」

掛了電話不久，周銘就接到了李敏芳打來的電話。

李敏芳問道：「剛才送快遞的送來一個包裹，周銘，是不是你送的？」

周銘下午溜出去買了一條八千多塊錢的項鏈，讓快遞公司的人送到李敏芳工作的商場。

「是我送的，那是我送你的最後的禮物。敏芳，我曾經真的很愛你，可惜你根本愛我不深。你一定會很奇怪我為什麼還有錢送你那麼貴重的禮物吧？呵呵，告訴你，昨晚的一切都是我安排的，就是為了考驗你對我的愛，可惜你沒經得起考驗，我真的很痛心。芳，再見了……」

周銘的聲音沙啞低沉，似乎傷心已極。李敏芳豈會知道，此時的周銘正舒舒服服的躺在沙發上，嘴裏叼根煙，快活似神仙。

「銘……對不起……」李敏芳心裏後悔極了，叫了幾聲，便嗚咽無語了。

周銘掛了電話，嘴角掛著淫笑。他知道，過不久李敏芳就會送上門來。

李敏芳掛了電話，跟店長說不舒服，提前下了班，換了衣服就立馬往周銘住的地方趕去了。到了周銘的家門前，按了好久的門鈴，周銘才過來給她開了門。他把眼睛揉得通紅，偽裝出哭過的樣子。

「銘，你哭了麼……」李敏芳抱住周銘，愛憐的撫摸他的臉。

周銘甩開了她，厲聲道：「你還來幹什麼？我倆不是已經結束了嗎！」周銘氣呼呼的坐到沙發上，雙臂抱在胸前。

李敏芳走了過來，看到茶几被周發財劈開的洞，問道：「這是怎麼回事？」

周銘臉色閃過一絲慌張，轉瞬即逝，冷笑道：「你還好意思問？昨晚你走後，我盛怒之下便劈了這桌子。」

李敏芳一心想修好，也沒多想，撲進了周銘的懷裏，嬌聲嬌氣道：「銘，你別生氣了，我知錯了。」

周銘望著她起伏的胸部，獸血沸騰，猛地將李敏芳掀起，按在了沙發上，惡狼般撲了上去。

週三上午，李庭松打電話過來，說道：「老大，拆遷安置的房子已經批了下來，估計很快就會通知你的。對了，你上電視做的那期節目我爸也看了，當時罵了你一句不知天高地厚，隔幾天竟然讓我邀請你到家裏做客。」

李庭松的父親李民國是蘇城工商部門的一個頭頭，林東早就有心結識，當下心中一喜，便說道：「老三，你安排吧，你爸召見，我哪敢推辭。」

「林老闆，那我就不耽誤你工作了。」李庭松笑著掛了電話。

倪俊才昨晚約了幾個溪州市當地股評家吃飯，吃喝過後，又去洗浴中心娛樂了一把，回到家裏，已是精疲力竭，早上睡過了頭，將近中午才到了公司。他猛然想起一事，打開炒股軟體，輸入了西風礦產的代碼，頓時瞠目結舌。

漲停！倪俊才腸子都悔青了，昨天西風礦產的股價還在跌，今天就漲停了，悔恨沒聽周銘的話，不過卻堅定了他的想法，周銘是真的有路子能打探到林東的操作計畫。

倪俊才想了想，打電話讓周銘到他辦公室來一趟。周銘故意拖了很久才來，一進門便道：「倪總，找我啥事？我忙得很吶，還有許多單沒下呢。」

倪俊才笑道：「以後你就別幹紅馬甲的事了。怪我大材小用，從現在起，我宣佈你正式加入決策團。對了，周老弟，今晚我請了晨報財經版塊的主編吃飯，一起去吧。」

國邦股票從週一開始就出現出了止跌反彈的趨勢，一方面是因為倪俊才停止了砸盤，另一方面是因為他開始砸錢慢慢拉升股價。倪俊才昨晚宴請了幾個溪州市的知名股評家，送錢又送禮，那幾人收了他的好處，今天已經開始在論壇和股吧裏行動起來，向股民們推薦國邦股票，列舉了多條理由。

下午的時候，漸漸有更多的資金流向國邦股票，倪俊才心想那幾個狗屁股評家還真能忽悠，看來錢沒白花。

他打了個電話給汪海彙報了近期的情況，汪海得知股價開始拉升，高興得很，讓他好好做，等賺到錢，會給他發獎金。倪俊才壓根沒打算能從汪海那裏能得到獎金，他很認同周銘說過的一句話，人得學會自己想辦法。

倪俊才偷偷從汪海給他的一億中挪了五百萬出來，打算從周銘身上套取消息，然後用這五百萬去炒股票發財。

收盤之後，林東看了一下國邦股票今天的分時圖，便知道了倪俊才已經開始行動起來，這正是他所預料的，一切都朝著他所期望的方向發展。

過了五點半，周銘在辦公室裏不急著下班，一直等到倪俊才過來叫他。

「周老弟，走吧，我約了晨報的張主編六點半見面，我們得趕緊過去，可別遲到了。」

這段時間，林東與倪俊才都在為國邦股票奔走，二人的目的相同，都是為了拉升國邦股票的股價。國邦股票的最新市值已經由最低時的每股將近三塊錢漲到了如今每股十八塊錢，短短兩個多月翻了六倍。

自從股價大幅攀升之後，倪俊才的高宏私募已經無需以自有資金去拉升股價，蜂擁而來的散戶們便會幫他抬轎，致使股價一路狂飆走高。得到他好處的幾名股評家，整日在鼓吹國邦股票好，宣稱股價還會走高，能漲到每股兩百塊。

林東動用的關係較少，他只是讓彭真請了一批水軍在股吧裏散佈消息，說是美國的投資銀行看好國邦集團，打算以重金投資，然後讓譚明軍配合一下，說是公司正在接觸，但現在還未有定論。

周銘在林東的幫助之下，已順利成為倪俊才最倚重的左膀右臂。他利用林東給他的那筆資金，四處活動，與高宏私募內部幾個倪俊才的親信成為了一起吃喝嫖賭的好朋友，這幾人在不知不覺中，已被周銘抓住了把柄。

中午十二點多，林東接到周銘發來的資訊，說是有重大發現。林東回了資訊給他，與他約好今晚在渡船碼頭見面。周銘這幾個月利用林東給他的消息，在股市裏足足撈了一把，買了一輛二十萬左右的車。

他九點鐘開車從溪州市出發，不到十一點到了渡船碼頭。過了不久，林東也到了，他沒下車。周銘見到了他的車，走了過去，上了車。

「林總，倪俊才這孫子的膽子也太大了。」周銘一上車便罵道。

林東笑問道：「哦，他怎麼了？」

周銘答道：「他挪用客戶投入的錢為自己炒股，收益全歸自己。」

這事聽來不算大，但在他們私募界卻是最忌諱的事情。所謂人無信則不立，挪用客戶資金謀私利，虧了客戶承擔，賺了則全歸自己所有，若是被揭發出來，這家私募公司將遭遇嚴重的信譽危機，短時間之內就可能遭到客戶的瘋狂贖回，導致資金鏈斷裂，最後公司關門。

林東道：「這倒真是個大事。對了，你摸清楚倪俊才有哪些客戶沒有？」

周銘搖搖頭：「對客戶這一塊倪禿子把控非常嚴，所有事情都親力親為，也從來不帶我去接觸客戶，所以這事，我至今仍是查不到一點眉目。不過有一點可以肯定，他最近拉來了不少客戶。」

倪俊才操盤的國邦股票最近漲勢瘋狂，驕人的業績已讓他的高宏私募起死回生，重現輝煌，越來越多的客戶投錢給他。鑒於此，林東倒也不奇怪倪俊才動用了客戶的資產謀私利。

「周銘，你好好查一查，把倪俊才的客戶資料摸清楚，必要的時候，僅這動用客戶資產謀私利一條，就能要他的命。」林東沉聲道。

周銘笑道：「你放心，我也盼著倪禿子早死，我一定會盡心盡力去查的。哦，林總，你給我的經費花得差不多了……嘿嘿。」

林東答道：「你放心，明天我會匯到你賬上。」

梅山別墅。

倪俊才中午被汪海一個電話叫了過來。汪海不是別人，正是他最大的金主，倪俊才萬萬不敢得罪，一接到電話，立馬推了飯局，驅車直奔梅山別墅。他到之時，萬源也到了，二人幾乎是同時下的車。

倪俊才笑臉盈盈，熱情地打了聲招呼，笑道：「瞧萬老闆滿面春風，看來報紙雜誌上說您俘獲了玉女掌門人的事情，應該是八九不離十啦。」

萬源瞇著狹長的眼睛，笑道：「倪總，你也關心起八卦新聞來了？看上哪個女明星了，跟哥哥說說，只要你出得起價錢，沒有弄不上床的。」

萬源一臉淫光，似笑非笑地盯著倪俊才的臉。

倪俊才被他這樣盯著，渾身不自在，笑道：「萬老闆別開小弟玩笑了。就我這樣還女明星，嘿，我還求著女明星養我呢！」

倪俊才雖是滿臉堆笑，裝出不以為意的模樣，心中卻已將汪海與萬源恨透了。這已經不是第一次受他倆羞辱了。

他和萬源走進院中，沒見到門口那隻瘸腿的獒犬。

萬源一見到汪海便問道：「老汪，阿狼怎麼不見了？」

汪海指著桌上熱氣騰騰的火鍋：「在火鍋裏呢！」

萬源眉頭一皺：「你把阿狼宰了？」

汪海點點頭，「看門護院都不行，還留著牠幹嘛。來來來，今天把二位請來，就是為了吃狗肉火鍋，冬天就快到了，這狗肉可補呢！」

汪海養的那隻獒自從那次被林東一棍子打斷了腿之後，便像是失去了精氣神，整日趴在地上，來了生人，牠也不叫喚，溫順得像隻大貓。汪海一氣之下，找人將獒犬宰了，將萬源與倪俊才請了過來，一起品嘗狗肉火鍋。

倪俊才操盤的國邦股票漲勢瘋狂，股價已經翻了六倍，汪海與萬源的投資得到了豐厚的回報。鑒於此，汪海也越來越倚重倪俊才，不僅增加了投資，而且還為倪俊才拉了不少大客戶。

汪海開了瓶五糧液，倪俊才慌忙站了起來，將酒瓶要了過來，為汪海與萬源倒上了酒。一指高的玻璃杯子，一杯正好二兩酒。三人喝完一杯，倪俊才將瓶中剩下的酒勻成三份。

酒酣耳熱之際，萬源說道：「老倪，咱們是不是該見好就收？股價太虛高了，我這心裏總有點擔心吶。」

倪俊才沒說話，只聽汪海笑道：「老萬，什麼時候膽子變得那麼小了？現在才十八塊！你沒聽股評家們說嗎，國邦股票能漲到兩百塊！現在拋，那不是二傻子幹的事嗎？」

萬源不理會汪海，指著倪俊才道：「老倪，你說說！」

倪俊才笑道：「二位老闆各有各的道理，難言對錯。萬老闆認為是時候獲利了結，依我看來，是過早了些。汪老闆想等著股價到兩百塊，那幾乎是不可能的。我的意思呢，按兵不動，耐心等待，我可以跟二位交個底，這支票不到四十塊，我是不打算拋的。到了四十塊以後，我也不會立馬清倉，咱們要慢慢地逐步減倉，更能賣出好價錢。」

「四十塊？老倪，你有把握嗎？」萬源看著倪俊才，沉聲問道。

倪俊才笑道：「鐵板釘釘的事情，你沒瞧見，現在炒股的誰坐下來不談國邦股票？那麼多資金蜂擁進來，股價能不飛一般地往上飆嗎？萬老闆，莫急莫怕，耐心等待理想的價位！」

「老萬，給你夾一塊，這可是狗腿肉，最勁道！」汪海哈哈一笑，夾了一塊肉給萬源。

倪俊才忽然問道：「汪老闆，有一件事須得你定奪。」

汪海道：「啥事？你說。」

「咱到底是把賺錢放在首位，還是以打擊金鼎為首要目的？我跟您實說，金鼎現在也趴在裏面不動，除非咱不要賺錢，往死裏砸盤，否則還真對付不了林東。」

這話倪俊才早已對汪海說明，但以前汪海根本不把他當回事，他就算說了，也只會遭來汪海劈頭蓋臉一頓臭罵。

汪海終究是個商人，利字為天，他低頭沉思了片刻，看了看萬源，問道：「老萬，你的意思？」

萬源笑道：「哪有見錢不賺的道理！林東算個屁啊，多讓他蹦些日子，以後逮著機會再收拾他。」

汪海笑道：「我也是那麼想的。不過我得問一句，老倪，咱們不找林東麻煩，他會不會找咱的麻煩？那小子不會正憋著勁想整死咱吧？」

倪俊才擺擺手，拖長聲音道：「汪老闆，你多慮啦！在國邦股票上，咱們與林東的目的是一致的。弄死咱就是弄死他自個兒！咱們兩家現在的關係，就跟國共合作差不多，咱們是主力，衝鋒陷陣，他實力不夠，只能在一邊幫襯幫襯。說實話，這小子為拉升股價也做了不少事，天天找水軍在股吧裏忽悠……」

汪海徹底放下心來，說道：「那就好。」

萬源忽然問道：「老倪，如果林東肯跟咱們合作，你說國邦股票的股價會不會飆得更高？」

倪俊才目露遐思，說道：「如果他肯與我合作，與我相互掩護，共同進退，那樣的話，不漲到五十塊，我是不會出貨的！」

將近下午三點，倪俊才喝得醉醺醺地來到了公司，見到周銘，拉著他閒聊，嘴裏罵個不休。

周銘給他泡了杯茶，倪俊才喝了幾口，胃裏難受，吐得滿身都是。周銘借機將他的外套脫了下來，倪俊才不久就在沙發上睡著了。周銘在他西裝的口袋裏摸到了一串鑰匙，心想這是個好機會，便對著鼾聲如雷的倪俊才說道：「倪總，衣服髒了，我把你的衣服拿到對面的乾洗店洗洗。」他故意放大聲音，好讓外面的員工也都聽見。

倪俊才睡得跟死豬似的，哪裏聽得見他說什麼。周銘微一冷笑，將黏滿穢物的髒衣服塞到一個袋子裏，提著袋子出了公司。他將衣服送到馬路對面的洗衣店後，拿著那串鑰匙，立即往最近的配鑰匙的地方奔去。

倪俊才辦公室裏有一個櫃子是常年鎖著的，周銘懷疑那櫃子裏必定是放著重要的東西，而打開那個櫃子的鑰匙就在他手裏這串鑰匙之中！倪俊才生性謹慎，離開辦公室之後，一定會將辦公室的門鎖上。所以，倪俊才辦公室大門的鑰匙和櫃子的鑰匙，都是周銘需要的。而他又不知道那兩把鑰匙是哪兩個，於是只能讓工匠將全部鑰匙都配了一把。

「師傅，你能不能快點？」周銘看著時間，已經半小時過去了，他心裏著急，催促道。

配鑰匙的大爺抬頭看了他一眼：「莫急莫急，催也沒用，這不就快好了嘛。」

過了五分鐘，所有鑰匙全部配好了，周銘便急匆匆往回趕去，路過乾洗店門口問了一下，店員告訴他馬上就能拿衣服了。他轉念一想，反而不著急回去了，在乾洗店等了一刻鐘，帶著洗乾淨的衣服回了公司。

倪俊才仍在酣睡，到了下班時間，他這才醒來，頭疼欲裂，看到茶几上的涼茶，端起來一口喝了。他見到掛在架子上熨燙得平整的衣服，走出辦公室，問道：「我睡覺的時候，是誰進了我的辦公室？」

「是周副總。」有人答道。

周銘走了過來，笑道：「倪總，你醒啦。你睡覺之前吐了一身，我把你的西服拿到對面的乾洗店洗好了。」

「你沒碰裏面的東西吧？」倪俊才緊張地問道。

「哦，」周銘摸著腦袋，「你說的是鑰匙吧，我急匆匆去了乾洗店，還是乾洗店的小姐發現衣兜裏有東西。倪總，我都幫你放好了，放心。」

倪俊才看了他兩眼，鑒於最近這段時間周銘的良好表現，也沒怎麼懷疑他，說道：「周銘，多謝你了。好了，沒事了，早點下班吧。」

下班之後，周銘去取款機上查了查賬戶，發現多了二十萬，知道是林東給他打來的活動經費。到家之後，便撥了個電話給林東，「林總，倪俊才辦公室的鑰匙我全部搞到手了，我找機會摸進去看看有沒有重要的資料。」

林東沒想到周銘這麼快就行動起來，說道：「好！」

第七章

老狐狸的詭計

溫欣瑤道：「雙方合作固然是好，倪俊才是老狐狸了，他的背後又是汪海，我們與汪海結了那麼深的仇，我怕他表面上是與咱們合作，其實是想麻痹我們，令我們放鬆警惕。」

林東冷笑道：「溫總，說實話，我也沒想過跟倪俊才竭誠合作。大家都是在玩火，就看誰不被火燒死。汪海處處相逼，一門心思想整死我，我會束手待斃嗎？」

一場秋雨一場寒，秋雨打在車窗上，滴滴答答，順著玻璃滑落。林東坐在車內，半個小時開了不到一里路，急得他火冒三丈，狂按喇叭。蘇城是歷史文化名城，為了保護古建築，古城區那一片的道路無法拓寬，每到上下班的高峰期便擁堵不堪。

李庭松的家就在古城區的一個深宅大院中，林東下午接到了他的電話，李庭松的父親請他到家中做客。

「李叔。」林東進門便叫了一聲。

李民國一臉笑意，眼睛已在林東全身上下看了個遍，他上一次見林東還是李庭松大學報到的那天，當時的林東給他的感覺是純樸真誠，有點羞澀，有點怯生，沒想到這次見到林東，他險些就認不出來了。

李民國身著灰色夾克，裏面穿著白色襯衫，是時下在官員當中最流行的穿著。雖然看上去灰不溜秋，卻件件都是價格不菲。他上前拍拍林東的肩膀，笑道：

「小林，這次見你，可比以前壯實了許多，臉色也好了許多。」

他說的是實話，剛上大學的林東，雖然身高一米八一，但體重卻只有一百一十斤，面黃肌瘦。如今他生活無憂，吃好穿好，與前幾年真的是有很大不同。

「走吧，庭松早就打電話催我回來了，可事情實在太多，抽不開身吶。」李民國拉著林東進了院子，李母與李庭松出來相迎。李母見了林東分外高興，李庭松與母親最為親近，在大學的時候，發生了什麼事情都會告訴母親，因而李母心中很清楚林東在大學裏給予李庭松的幫助有多大。

「阿姨，幾年不見，您一點都沒顯老。」林東將提來的禮物送到了李母手中，都是一些名貴的化妝品和補品。

李母笑得合不攏嘴，直誇林東懂事，順帶著又把李庭松數落了一番。

「庭松，你瞧瞧林東這孩子多懂事，你要是有他一半懂事，人家蓉蓉也不會不跟你談。」

李庭松一聽母親說起這事就頭疼，叫道：「媽，你再說我就回單位加班了啊。」

林東是最清楚李庭松和蕭蓉蓉之間的事情，笑道：

「伯母別擔心，我公司倒是有許多漂亮的未婚女生，可以介紹給庭松，就怕不入您的法眼。」

李母拉著林東的胳膊，一邊往飯廳走，一邊向林東打聽那些女生的情況。金鼎投資公關部的職員絕大多數都是畢業於名牌學校的高材生，才貌雙全，林東如實說了，李母一臉興奮，迫不及待地想去林東的公司看看。

「老婆子，你就別拉著小林問個不停了，人家好不容易來家裏吃個飯，到現在連一口水都還沒喝上呢，這太失禮了吧。」李國民打斷了李母與林東的對話，李母恍然大悟。

「哦，你瞧我……小林啊，你別介意啊。快入席吧。」

李母將李庭松喊了過去，母子二人將做好的菜從鍋裏端了出來，都是熱氣騰騰的。李母從李庭松那裏得知林東不喜歡吃又甜又膩的蘇菜，便按照林東的口味，做了一些口味清淡的菜。

李民國在家中不飲酒，與林東喝的都是茶水。

「小林，早就想請你過來了，待會吃完飯，你幫我看看我的那些股票，教教我怎麼解套。」李民國笑道。

林東問道：「李叔，你告訴我買了哪些股票，我現在就告訴你怎麼操作。」

李民國道：「我主要都是買了一些重工股……」

他說了十幾支股票，林東在頭腦中都記了下來，略微理了理思路，說道：

「李叔，這些票短期是難有表現的。我建議你還是割了換其他股票。就近段時間來看，你可以考慮配置葉岩氣和稀土概念股，還有一些軍工股，隨著與東瀛島國關係的日益緊張，軍工股可能會有不錯的走勢。」

李民國聽了連連點頭，問道：「我聽說庭松在你公司投資的十萬塊錢已經翻了三倍，是嗎？」

林東笑道：「三倍那是上個月的資料了，最新的淨值是已經翻了四倍了。」

李民國長歎一聲，望著兒子：「唉，我這二十幾年的老股民，玩了那麼多年股票，到頭來卻不如你這什麼都不懂的傻小子。」

李庭松得意地笑了笑：「老爸，你早就該跟我學學了，把錢交給專業的人去打理，不失為一條省心又賺錢的好方法，林東是最合適不過的人選了。」

林東知道李民國心裏也有投資的意思，不過他不打算主動提出來。

李民國低頭沉吟了一會兒，對林東道：

「小林，我也快退休的人了，不想折騰了，只求能安安穩穩賺點養老金。最近我找機會清倉，然後把錢交給你做。」

林東笑道：「謝謝李叔支持我的工作。您放心，收益絕對讓您滿意。」

李民國在蘇城官場上人脈極廣，林東早就有大力發展蘇城官員為他的客戶的打算，正好以李民國為突破口，積極發展一批官員。只要讓這批官員賺到了錢，金鼎投資在蘇城這塊地界上就不怕被人欺負。

李民國連叫了幾聲好：「小林，你李叔雖然年紀大了，但仍有點餘熱，給你介紹些客戶還是能做得到的。」

倪俊才將周銘叫到辦公室，問道：「周銘，我想與林東合作。你覺得談成的機會大不大？」

周銘心中大驚，心想，這倪俊才不是一直憋著勁想弄死林東嗎？怎麼突然又要與他合作？

「倪總，你是在跟我開玩笑吧？我可一直等著你幫我復仇呢。」周銘道。

倪俊才吐了口煙霧，灰白色的煙霧遮在他的面前，看不清他的表情，許久才道：「沒有永遠的敵人，只有利益才是永恆的。」

雙方如果能夠合作，將會有諸多好處。周銘心中清楚，說道：

「倪總，你也說了，只有利益才是永恆的，林東也是玩資本的，他該清楚自己玩資本的目的，還不就是為了賺錢？我看這事能成！」

倪俊才碾滅了煙頭，露出一口被煙熏黃了的牙，笑道：「好，為表誠意，我親自打電話給他。」他拎起電話，當著周銘的面，給林東撥了個電話。

林東正在辦公室內看著國邦股票的盤面，忽然間電話響了，是個陌生的號碼打來的，他拎起電話，問道：「喂，請問哪位？」

電話那頭，倪俊才笑道：「林總，你好啊，我是倪俊才啊。」

林東一皺眉，怎麼也沒想到倪俊才會給他打電話，笑問道：「哦，倪總啊，怎麼，有何指教？」

倪俊才笑道：「沒事，就是問問你有沒有時間，咱們要不出來聚聚？」倪俊才沒有直接說明目的，先試試林東的態度，如果他態度堅決，不願與他見面，那麼合作的機率也不會大。

林東不知倪俊才葫蘆裏賣的什麼藥，轉念一想不過是吃個飯，便笑道：「好啊，倪總，你安排吧，到時候告訴我時間地點就行。」

倪俊才笑道：「選日不如撞日，那要不就今晚蘇城萬豪見？」

掛了電話，林東剛想打電話給周銘問問是怎麼回事，就接到了周銘的簡訊。「林總，倪俊才今早才跟我說他要與你合作，我也是剛剛才知道，來不及事先通知你。」

林東刪了簡訊，起身去了溫欣瑤的辦公室。

溫欣瑤疑惑道：「他怎麼突然間想起與我們合作了？林東，你有什麼想法？」

林東笑道：「只要條件合適，我倒是願意與他合作。」

溫欣瑤道：「雙方合作固然是好，倪俊才是老狐狸了，他的背後又是汪海，我們與汪海結了那麼深的仇，我怕他表面上是與咱們合作，其實是想麻痹我們，令我們放鬆警惕。」

林東冷笑道：「溫總，說實話，我也沒想過跟倪俊才竭誠合作。大家都是在玩火，就看誰不被火燒死。汪海處處相逼，一門心思想整死我，我會束手待斃嗎？」

溫欣瑤聽他這麼說，問道：「你已有了計畫？」

「謀劃已久！」林東沉聲道。

溫欣瑤笑道：「那就好。與高宏私募合作的事情我就不參與了，你全權負責吧。近段時間我要去一趟美國，可能會在美國待一段時間。金鼎所有的事務就得你擔著了。」

林東笑道：「溫總要在美國待多久？公司不能少了你。」

溫欣瑤知他是開玩笑，笑道：「也許也就一個月，也許半年，說不準。公司有你坐鎮，我放心。」

溫欣瑤去美國那麼久，讓林東忽然想到了曾經無意中看到她車裏坐的那個老人，像極了傳奇富商溫國安，不知溫欣瑤此次美國之行會不會跟他有關？

倪俊才的辦公室內，周銘坐在他對面的沙發上。

「小周，今晚我本想帶你去的，可我一想，你是從林東那裏過來的，怕他見了你不高興，所以……」倪俊才嘿嘿笑了笑。

周銘笑道：「倪總，你就算要我去，我也不會去。林東，我見了就想揍他，跟他在一個桌上吃飯，倒胃口！」

倪俊才笑道：「那就好。好了，時間差不多了，我該出發了。」倪俊才穿上外套就往門外走去。周銘知趣地出了他的辦公室，倪俊才將門鎖了，這才放心地出了公司。

周銘心中一動，知倪俊才既然去了蘇城，必不會過早回來，今晚倒是潛入他辦公室的好機會。

下班時間一到，員工們紛紛離去。周銘坐在他的副總經理辦公室內，低頭忙著手中的事情。負責鎖門的財務也要下班了，過來問道：「周副總，您還不走嗎？」

周銘抬頭道：「張姐，你先走吧，我把手頭的事情忙完就走。」

財務張大姐笑道：「那就麻煩你幫我鎖門了。」她將鑰匙放在周銘桌上，心中奇怪，一向準點下班的周銘為何今晚主動留下來加班？

財務走後，整間公司就只剩下他一個人，周銘在公司裏巡視了一番，確定只有他一人，然後才躡手躡腳地朝倪俊才的辦公室走去，從口袋裏摸出配好的鑰匙，打開了辦公室的門。

他試了好幾把鑰匙，才將倪俊才上了鎖的小櫃子打開，裏面果然有一疊文件，他來不及多看，拿出手機，把所有文件拍了下來，做完這一切之後，又將文件原原本本放回了櫃子裏，鎖了櫃子，立馬離開了倪俊才的辦公室。

倪俊才驅車到了萬豪酒店，訂好了包間，打了電話給林東，告訴他在哪個間，等了足足一個鐘頭，林東這才到。

「哎呀，林總，你總算來了。」倪俊才與林東是初次見面，他是老油子了，自來熟，見到林東進來，上去擁抱了一下，親熱得像是老朋友。他打量了一眼林東，看上去要比他想像得年輕許多，心中卻是一喜，在資本市場上，經驗就是金錢，對付一個愣頭青還不簡單。

「倪總，等久了吧，路上堵車，不好意思啊。」林東笑道，其實他是故意晚來的，目的是要試試倪俊才的耐心，以揣測他合作的誠意。

二人落座。

倪俊才看著林東，笑道：「林總年輕有為，長江後浪推前浪，我這把老骨頭日後還得請你們年輕人留口飯吃啊！」

林東連連擺手：「倪總此言差矣！股神巴菲特多大年紀了？八十多了！投資的眼光依舊獨到，所以說，在咱們這個圈子裏，越老越吃香。」林東說得不錯，在私募行業，從業越久，關係就越廣，資訊管道也就越豐富。

二人相互客套了一番，倪俊才吩咐服務生開始上菜。雖只有兩人，他卻點了整整一桌子菜，足足有二十幾道。

酒過三巡，菜過五味，倪俊才道明了來意：

「林總，我這次來呢，主要是想與貴公司探討合作的事宜，中國人自古就有和氣生財的說法，咱兩家若能通力合作，我想應該能從國邦股票上撈出更多的油水。」

林東一臉迷茫，佯裝不知，問道：「倪總，不會你也在做國邦這支票吧？」

倪俊才笑道：「林總，明人不說暗話，你對咱兩家合作是什麼意見？」

林東端起酒杯：「倪總，下了班了，就別談公事了吧，來，喝酒，我敬你。」

倪俊才訕笑，與他碰了一杯。席間，他幾次提出合作的事情，林東卻都是顧左右而言他，總是繞過他的問題，避而不答。一頓飯吃完，倪俊才酒喝了不少，卻對林東的真實想法一無所知。

倪俊才面紅耳赤，出了萬豪酒店，拉住林東的胳膊問道：「林老弟，你倒是給個準話。」

林東打著酒嗝，擺擺手：「倪總，我不行了，酒喝多了，不清醒，不能談正事。」

倪俊才道：「那好，我就在蘇城留幾天，林老弟，明天我再給你打電話。」他將林東送到車上，問道：「能開車嗎？」

林東笑道：「沒事，你回吧。」

倪俊才回到酒店，辦理了住房手續，他喝了許多酒，到房間倒頭就睡。

晚上十一點，林東剛到家中，接到了周銘的電話。

「林總，我弄到了倪俊才的客戶資料。我趁他去蘇城找你，下班後潛入了他的辦公室，你把郵箱給我，我這就把拍下的圖片發給你。」

林東將郵箱發給周銘，打開電腦，進郵箱一看，果然有新郵件，打開一看，全是倪俊才的客戶資料，客戶的身分以及投資的數目和事件都有。他流覽了一遍，發現最早投錢給他的就是汪海，後來汪海與萬源又合在一起投了一個億給他。

掌握了這些資料，再拿到倪俊才挪用客戶資金的證據，林東心想，只需將這些散播出去，自然會有人收拾倪俊才。這也證明了當初將周銘收為己用的策略是正確的，這小子辦事利索，只是人品太差。

「周銘，我要倪俊才挪用客戶資產的證據！」

周銘有些為難地說道：「林總，倪俊才是老狐狸了，不知有沒有留下書面證據。不過，我會盡力查查的。」

倪俊才跟萬源打了個電話，彙報情況：「萬老闆，這個林東不大容易搞定啊，我約了他幾次了，都被他藉口事忙推脫掉了。」

萬源是主張與林東合作的發起人，聽了這話，問道：「老倪，既然你第一次請他吃飯他去了，就說明他不是沒有合作的想法，我估摸著還是條件沒談好。你再努把力，爭取這兩天把合作的事情敲定。」

倪俊才道：「那好，我這次親自登門拜訪。」

掛了電話，倪俊才就離開了酒店，開車往金鼎公司所在的建金大廈去了。半個小時後，他便到了建金大廈，也沒給林東打電話，直接找到了林東的辦公室，推門進去。

「林總，忙著呢？」倪俊才推開門，站在門口，滿臉堆笑。

林東抬頭一看是他，連忙站了起來：「喲，倪總快請進。」將倪俊才請進辦公室，安排他坐下，林東像招待貴賓一樣，給他端茶點煙，可謂熱情周到。

倪俊才道：「林總，你看我已經在蘇城逗留兩三天了，公司還有一堆事等著我處理，老哥這誠意夠了吧？」

林東笑道：「倪總，既然來了，今晚上就由我做東。」

林東又岔開了話題，倪俊才歎息一聲：「唉，林總，你若是有誠意，咱倆現在就談談條件，你若是沒誠意，也煩請你明說。你說下班了不談工作，現在是上班時間，可以談談了吧？」

林東笑道：「倪總，那咱就談談條件。我先說吧，我的金鼎是個小公司，我手裏的籌碼只有你的三四分之一，你就像艘鐵甲戰艦，我就像艘木製小漁船。說實話，跟你合作，我這心裏有點忐忑不安。」

倪俊才沉吟了片刻，他聽出了林東話裏的意思，以他手中掌握的籌碼，若是林東與他合作，但他卻不與林東互通有無，私自出貨，抑或是打壓股價，足可以對林東構成毀滅性的威脅。

「林總，你大可不必擔心這個。按規矩，咱們可以請第三方機構監管，各自鎖倉一部分股票，質押在第三方監管機構處，這樣你還會擔心我搞小動作嗎？」

林東思忖了一會兒，說道：「如此甚好，不過我有個條件，我鎖多少倉位，你也必須鎖多少倉位。倪總若是沒意見，咱這合作就算促成了。」

兩家倉位不等，倪俊才的籌碼要比林東多，若是與他鎖同樣的倉位，吃虧的是他。不過他因為急著達成與林東的合作，想了一會兒，便同意了。

「你我各自鎖三成的倉位，怎麼樣？」倪俊才問道。

三成倉位不算多不算少，林東點頭同意了，問道：「那倪總的目標價位是多少？」

「六十塊。」倪俊才沉聲道。

林東看了他一眼，心想這老小子的心還真是黑啊，二人相視一笑。

「林總，那我就不打攪了，公司還有一堆事等著處理，第三方監管機構我會儘快去找，到時候咱三方人聚一聚。」倪俊才起身告辭，與林東握了握手，林東將他送到門外。

回到辦公室，一看時間，距離溫欣瑤乘坐的航班起飛的時間還有一個小時，他本打算親自送她去機場的，怎知溫欣瑤如何也不同意，於是只好作罷。林東站在窗前，發了一條簡訊給她，「溫總，美國之行順利，同事們都盼望你早日歸來。」

也不知溫欣瑤是否看到他的簡訊，一直到下班，林東也未收到她的回訊。他抬頭看著窗外的天空，湛藍的天空下面，一架飛機飛過，在藍天留下一道長長的白色尾巴。

「林總，羊駝子去嗎？」紀建明進了他的辦公室。

林東正在出神，聽到身後有人叫他，轉過身來，問道：「老紀，你剛才問我什麼？」

「我問你羊駝子去不去啊？」紀建明重複了一遍。

林東笑道：「你們幾個是不是又憋著壞主意敲我竹杠呢？」

紀建明擺擺手：「不是，今兒個是鐵公雞劉大頭請客。」

林東一臉訝異：「我沒聽錯吧？」

「唉，我也不知大頭今兒個是哪根筋搭錯了，管他呢，有人請客還問啥原因，你去不去？」

林東拎起外套就往外走，邊走邊說：「難得鐵公雞請客，我怎能不給面子？」

劉大頭、楊敏、林東、紀建明和崔廣才五人在建金大廈的樓下會合，坐林東的車直奔羊駝子去了。到了店裏，找了位置坐下，崔廣才便要了三斤羊肉和二斤羊雜，劉大頭一臉心疼。

「大頭，是不是在想這一頓得多少錢？」崔廣才笑道。

劉大頭實話實說：「要不是小敏想吃羊肉，你們幾個甭想從我身上占到便宜。」

楊敏笑道：「我見平日裏你們幾位老是請大頭哥吃飯，來而不往非禮也，所以今天就讓大頭哥請你們幾位吃一頓。」

聽了這話，林東三人才明白了鐵公雞拔毛的原因。

林東等人都是羊駝子的熟客，駝背的老闆給他們的分量總是最足的，將羊肉火鍋送了上來，笑問道：「林老闆，上次你教我的二十四字真訣還真是管用，琢磨了兩三個月，現在已經基本能夠摸清了莊家操盤的路數，今天給你們多加了一斤羊肉，略表謝意。」

林東笑道：「多謝老闆了。」

「唉，哥幾個，最近與東瀛的關係越來越緊張，我覺得可能是個機會，咱是不是要多買一些軍工板塊？」紀建明道。

楊敏說道：「微博上整天都在說這事呢。」

劉大頭對紀建明冷笑：「老紀，你現在獨管情報收集科，不怎麼關心你的娘家了是吧？別忘了你是從資產運作部出去的。進貨軍工股，林東早就發現機會了，現

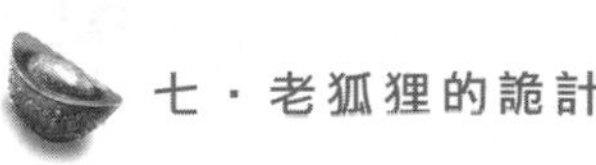

在咱們近七成的倉位都是軍工股。」

紀建明不好意思地笑了笑：「我忘了面前還坐了個連指數都能預測準的股神，班門弄斧了，各位就當我沒說。來，喝酒。」

「我估計局勢很快就會緊張起來，眼下軍工股已經開始有所表現了，大頭、老崔，最近抽回來的資金，全部砸到軍工股上去，趁這陣風頭越來越強勁，穩賺不賠。」

劉大頭憂慮道：「林東，是不是太冒險了？如果局勢不是像你想像的那樣發展，咱該怎麼辦？」

林東笑道：「A股總是見風就是雨，必然會有人大肆炒作題材。大頭，聽我的，沒錯。」

劉大頭不說話了，雖然林東與他意見相左，但他仍然相信林東。他們之間已經有過太多次看法不同，劉大頭從中總結出了一個經驗，就是聽林東的沒錯。雖然這讓他備受打擊，甚至有的時候希望林東能失手一次，證明他不是次次都是正確的。當然，劉大頭也常為自己有那樣的想法感到羞愧。

吃完飯，林東駕車回家，在路上接到高倩的電話，要他趕去商場陪她逛街。林東對逛街沒多大興趣，但一想最近忙於工作，已經好久沒能陪高倩了，便一口答應了下來，調轉車頭，往高倩所說的商場開去。

高倩在商場外面等他，正站在秋風中瑟瑟發抖。林東走了過來，看到她衣衫單薄，不禁責備道：

「倩，那麼冷的天，你怎麼就穿那麼點衣服？你看你這裙子，整個腿都露在外面，能不冷麼？」

高倩在他胸口捶了一記粉拳，薄嗔道：「在辦公室裏哪裏冷啊？出了辦公室進了車，有空調也不冷，就是在外面等你才冷的。」

林東心中不禁生出一股愛憐之意，脫下外套披在高倩的身上，將她摟入懷中，柔聲道：「我們進去吧。」

被心愛之人摟在懷裏，高倩心中溫暖一片，一時竟不覺得冷了。

進了商場，高倩要逛內衣店，林東經不住她的央求，只能硬著頭皮陪她逛，入眼處皆是胸罩和內褲，他臉上跟火燒似的。

年輕的女服務員見到英俊帥氣又體貼的林東，個個都對高倩羨慕不已。

高倩從試衣間內走了出來，對店員道：「麻煩一下，這幾套我全要了。」

林東連忙走了過去，從皮夾裏掏出白金卡，對店員說道：「刷我的卡。」

二人從內衣店裏出去，又去樓下逛了逛衣服店，天氣已經很涼了，高倩打算買兩件大衣。

高倩將手裏的袋子全部推到了林東的懷裏，嬌聲道：「你提。」

林東看了一眼袋子裏的內衣，笑道：「倩，你最近風格變了啊，怎麼買的儘是些性感的？」

高倩回頭白了他一眼：「還不是為了討好你們男人嗎？」

二人進了這家店中，店員見二人進了來，看他二人身上的穿著，便知是有錢人，當下笑臉相迎，熱情的向高倩推薦新款的衣服。林東在店中間的沙發上坐了下來，過了不久，一個矮胖的男人牽著一個身材高挑的秀麗女子走了進來。

林東一怔，那矮胖男人身旁的女人竟是陳嘉。陳嘉也看到了他，朝他走了過來，嘴角漾起一絲牽強的笑容，「是你啊，好巧……」

林東嗓子裏像被什麼東西哽住了，微微笑道：「是啊，好巧，好久不見了。」

那矮胖的男人笑問道：「小嘉，你們認識？」

林東起身，伸出手，「你好，我是林東，陳嘉的大學校友。」他已從初時的錯愕中恢復過來，神色如常。只是他未想到陳嘉那麼一個可人兒，竟嫁給了那麼一個怎麼看也配不上她的男人。

陳嘉挽著矮胖男人的胳膊，介紹道：「林東，這是我老公蔡永飛。」

蔡永飛伸出手，與林東的手握在一起，二人站在一起，他比林東要矮了一頭，說道：「林先生你好，小嘉，我怎麼覺得林先生有點面熟，我們是不是在哪裏見過呢？」

陳嘉笑道：「你是在電視上看過他吧？林東上過財經論壇節目，想起來沒？」

蔡永飛也炒股票，只不過他忙於生意，是做長線的，行情好的時候，買幾支股票放著也能賺一大筆錢，而股市已經熊了五年，他在牛市裏賺來的錢，早已經連本帶利都賠了。因為陳嘉在財經論壇工作的緣故，蔡永飛幾乎每期的財經論壇都會看，即便錯過了直播的時間，也會等有空的時候在網上找出視頻來看。

「我說怎麼有點眼熟，原來是林總啊，幸會幸會。」蔡永飛臉上的笑容更燦爛了，他是做生意的，難免不世故圓滑，雖然與林東是初次見面，卻表現出了極大的熱情，握住林東的手不放，像是相識已久的老朋友許久未見面似的。

陳嘉拉了拉他，說道：「永飛，你別握著人家的手不放啊。」

蔡永飛這才鬆開手，笑道：「林總，有空到家裏做客，你和小嘉是老同學了，一定要經常走動走動。」

林東笑了笑，點頭答應了，心裏卻在想，若是蔡永飛知道他和陳嘉發生過那種關係，他還會笑得出來嗎？

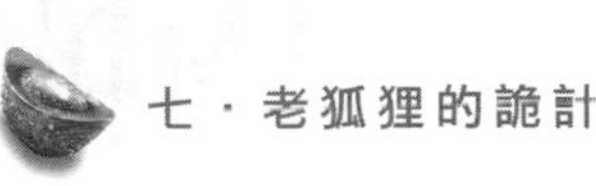

「林東，張導拜託我好幾次了，想請你再上我們節目做嘉賓，我知道你最近很忙，所以就沒去找你。你若是得空了，就打電話給張導，好吧？」陳嘉道。

林東笑道：「老同學都開口了，張導的面子我能不給，你的面子我能不給嗎？你回覆張導，讓她安排一下時間，然後告訴我，我會空出時間去的。」

陳嘉沒想到他答應得那麼爽快，心中驀地一喜，心想她在林東的心裏還是有些分量的，不然他也不會不給張美紅的面子卻偏偏給她的面子，「那好，我明天上班就跟張導說說。」

「林東，我們去別處逛逛了，再見。」陳嘉拉著蔡永飛的手往外面走去。

蔡永飛回頭叮囑道：「林總，有空一定要到家裏來啊……」

二人出了這家店，陳嘉忍不住回頭看了一眼林東，脈脈含情的雙目猶如幽深的潭水一般，藏著許多無法訴說的哀怨。

高倩試好了衣服，走了過來，問道：「剛才那兩人你認識啊？」

林東道：「女的是我大學校友，男的是她老公。」

高倩歎了口氣，「唉，一朵鮮花插在了牛糞上。那女的年輕貌美，怎麼就嫁給了那麼個男人？我看那男的至少比你校友大七八歲。」

林東搖搖頭，「人家的事情我也不大清楚，倩，你挑好了嗎？」

「好了，就等你刷卡呢。」

林東走到櫃檯，刷了卡，兩件大衣加在一起，總價超過萬元。林東拎起袋子，高倩挽著他的手臂，拉著林東往三樓的男士專區走去。

「東，你為我花了那麼多錢，我也得買兩件衣服送給你。」

林東起初不肯，說衣服已經多得放不下了，高倩卻一再堅持，將他拉到了三樓，為他挑了兩件風衣。林東身材高大，如今又壯實了許多，加上他棱角分明令人印象深刻的臉，穿上風衣後，高倩打趣道：「東，你帥得都可以去做模特兒了。」

林東忽然想起一事，說道：「倩，李老師那小院拆遷分的房子下來了，你若是有空，便幫我張羅張羅裝修的事情吧，我實在沒時間。」

高倩開心地跳了起來：「快告訴我，房子在哪裏？」

「楓樹灣，九十平米。」

高倩心中疑惑：「這是拆遷的安置房嗎？楓樹灣好歹也算高檔住宅區吧。」

林東笑道：「我有個大學室友在建設局，就管這一塊，這房子也是他幫我弄來的。」

聽他一說，高倩明白了，笑道：「真不知道你哪來那麼好的運氣。明明是租房子，房主卻把房子送給了你。過不久又遇上拆遷，分到上百萬不說，竟還有關係弄到那麼好的房子。」

晚上九點多鐘，商場外面仍是有許多進進出出的人群，不管外面的局勢有多緊張，這裏仍是一片太平盛世。燈火輝煌下，有人彈著吉他，正在唱一首旅人之歌《何處是家鄉》，有人在人群中接吻，世界再大，那一刻他們的世界裏也只有彼此。路燈下，也有匍匐跪在冰冷的水泥地面上的乞人，破帽遮在頭上，沒有人知道他長什麼樣，也沒有人知道他是誰，因為壓根就不會有人去關注他。

林東掏出錢夾，取出一張紅色大鈔，放到那乞人的身前，忽然間，那乞人抬起頭來，目中滿是感激，囁嚅著想說什麼，卻只能發出喑啞嘲哳的聲音。

「是個啞巴。」高倩說道，「真可憐。」

林東朝那人一笑，走開後，帶著破帽的乞人又低下了他的頭。

和高倩去吃了點宵夜，上車之前，林東把安置房的鑰匙給了高倩一把，「倩，按你喜歡的風格來裝修，我偷個懶，就不過問了。」

高倩嘻嘻一笑，說道：「嘻嘻，那我就不客氣啦，裝修好後，你可不要說不滿意。」

林東在她額頭上吻了一下，注視著高倩閃動的睫毛，笑道：「不會的，你的審美眼光比我好很多，肯定會讓我滿意的。」

聊了幾句，林東讓她先走，等高倩開車走了，他才上了車。

次日上午，林東從資產運作部的辦公室裏出來，進了自己的辦公室，習慣性地拿起手機一看，一個陌生號碼打來的電話，這個號碼很奇怪，前面加了一長串他從來沒見過的數字。他在網上搜索了一下，才知曉這是從美國打來的國際長途，頓時心中一喜，知道應該是溫欣瑤打過來的。

他於是拿起電話便回撥了過去，在電話接通的那一剎那，他忽然發現自己是多麼想聽到溫欣瑤的聲音。

「溫總，是你麼？」電話接通的那一剎，林東顫聲道，心中有一點焦急，有一點期待。

電話裏傳來溫欣瑤的笑聲：「林東，跟我打電話還緊張嗎？看你聲音顫抖成什麼樣了。」

林東辯解道：「我沒有，我哪裏有緊張，可能國際長途就是這樣吧。溫總，你怎麼樣？」

溫欣瑤疲憊地倚靠在床上：「剛到這裏，打點好一切就給你打電話了。放心吧，我在美國沒問題的，這裏有我許多朋友。」

「那……」

忽然間，蘇城的上空迴盪起防空警報的聲音，一時間辦公室裏亂成一片，人們紛紛擁向窗口，查看發生了什麼情況。紀建明跑進林東的辦公室，氣喘吁吁道：「林總，我剛從外面回來，防空演習，要求大廈裏所有單位的員工緊急疏散。」

「林東，怎麼了？」溫欣瑤聽不到林東的聲音，焦急地問道。

林東沉聲道：「溫總，先不跟你說了，市裏在搞防空演習。」

蘇城這個從來沒發生過疏散演習的城市，在如今的局勢下，破天荒來了一次突然的演習，這足可以說明一些問題：看來局勢遠比想像的要緊張。

林東起身去了資產運作部的辦公室內，對崔廣才和劉大頭道：「把咱們剩下的子彈全部打出去，買入軍工股。」

「林東，軍工股已經漲了很多了，此時還買，你不怕回落嗎？」劉大頭提醒道。

「漲無頂，跌無底。大頭，趕快分配任務下單吧，時間不等人，我跟你說，早搶到早賺到。」

劉大頭和崔廣才點點頭，將各自的人馬叫到面前，快速地把任務分配下去。

下午兩點過後，崔廣才進了林東的辦公室內，一臉喜色，說道：

「林總，好消息，咱們重金買入的軍工股開始強勢拉升，有幾支已經衝上了漲停板。」

這一切都是林東意料之中的事情，他笑道：

「只要有熱點，就從來不會缺乏炒作題材的資金，軍工股現在那麼受熱捧，還會有更多的資金跟進，目前來看，軍工股的搶眼表現還會延續一陣子。」

第八章 眼力

瞳孔中的藍芒一動也不動，安靜地沉睡在他的瞳孔深處。
林東見那幾位江省的名人一個個都在左挑右選，很想上前提醒一句，
告訴他們面前的這堆石頭沒好貨，但一想這不合規矩，
是漲是跌，考驗的是自個兒的眼力，
他若插手，不僅壞了金家的生意，也壞了這行的規矩。

下班後，譚明輝打電話過來，問道：「林老弟，晚上是否有空？昨天金河谷打電話給我，說是今天會有一批貨到，請我過去看看。我和我哥已經到了蘇城了，正好你也沒事，不如晚上一起去吧？」

譚明輝將林東的眼力說得神乎其神，譚明軍起初有些疑惑，但事實擺在眼前，他將信將疑，心想將林東邀出來一起去金家的賭石俱樂部，是不是那麼神奇，一試便知。

「你們住在哪裏？我開車過去找你們。」林東心中有些不悅，他也是金家賭石俱樂部的會員，金河谷打電話給譚明輝卻沒打給他，就是對他的不敬，今晚非得讓金河谷破點財不可。

「我們住在萬豪，你到了打電話給我。」

掛了電話，林東便離開了公司，到車庫取了車，直奔萬豪去了。到了萬豪，才剛過六點，他打電話將譚家兄弟叫了下來，三人在萬豪簡單吃了晚飯，七點鐘不到，便各自駕車往郊外的金家賭石俱樂部去了。

到了那裏，三人停好了車，往那棟別墅走去。進了院子，金河谷依舊如上次那樣，站在門口迎接客人。林東走到近前，笑著打了聲招呼：「金大少，好久不見。」

金河谷臉上閃過一絲震驚之色，隨即笑道：「林總，你也來了，不好意思，事情太多忘了通知你，別介意。」

林東哈哈笑道：「哪兒的話，希望金大少不要怪我這不請自來之人。」

金河谷與譚家兄弟一一握手，將他們請進廳中喝茶。進了廳中，林東發現還是上次的那幾人，也算是相識，便一一打了招呼。這幾人對林東印象深刻，見他到了，也表現出極大的熱情。

「林總，想不到你不光看石頭的眼光厲害，炒股票更厲害。」

「是啊是啊，上次在財經論壇節目上看到你，我還以為眼花了。」

林東從懷裏取出製作精美的名片夾，將名片發給眾人：「如果各位長輩信得過晚輩，歡迎到我們金鼎投資公司來洽談投資事宜。」

金河谷在門口瞧見這一幕，嘴角溢出一絲冷笑，林東竟跑到他的地盤做起行銷來了。

人到齊之後，金河谷走進廳中，笑道：「下午剛到的石頭，各位請移步隨我去看石頭吧。」他在前頭引路，眾人跟著他進了院子右邊的棚子裏。負責開石頭的大劉見到眾人，彎腰說了一句：「各位老闆好！」

金河谷揭開蓋在原石上的油布，做出一個請的姿勢，笑道：「各位，石頭都在這裏，請自行挑選。」語罷，便閃身讓開了。

譚家兄弟站在林東旁邊，不看石頭，反而看著他，似乎在等待他的指示。

譚明輝心裏想著今晚再大賺一把，隔了兩三分鐘，終於忍不住了，問道：「林老弟，快告訴我選哪塊，可別被別人搶了去。」

林東笑了一笑，抽出兩根香煙，給譚家兄弟倆一人散了一根：「別急，今晚我自己不賭，我也不介意你們賭。」他已看出這一地的原石沒一個裏面有料，買到手就虧。

瞳孔中的藍芒一動也不動，安靜地沉睡在他的瞳孔深處。林東見那幾位江省的名人一個個都在左挑右選，很想上前提醒一句，告訴他們面前的這堆石頭沒好貨，但一想這不合規矩，是漲是跌，考驗的是自個兒的眼力，他若插手，不僅壞了金家的生意，也壞了這行的規矩。

「林老弟，真的一塊不賭嗎？哪怕是有點料子的也可以啊，只要不賠錢就行。」譚明輝不死心，又問道。

林東低聲道：「這堆石頭真的沒好貨，賭了肯定跌。少安毋躁，且看看他們幾人有沒有收獲。」

譚明輝相信林東的眼力，見他再三這麼說，也就不再多言。金河谷見他三人站在後面，沒上去選石頭，走過來笑道：「二位怎麼光站著，是不是對這次的石頭不滿意啊？」

譚明軍縱橫商場多年，是老江湖了，深諳說話的分寸，當下笑道：「金大少，石頭好不好，我兄弟倆個怎麼看得懂？我和明輝都是門外漢，這次來的主要目的就是偷師學藝，金大少不介意吧？」

金河谷一臉笑意，擺手道：「沒事沒事，來了就是客，我金河谷高興還來不及。我父親創建賭石俱樂部的初衷便是為了給大家提供一個交流討論的平台，當然，也方便大家交易。」

金河谷年紀輕輕，卻已在商場中鍛煉得圓滑世故，八面玲瓏。

「林總，你今晚也不賭嗎？你可是行家呀。」金河谷呵呵笑道。

林東連連擺手，自謙道：「在金大少面前誰敢自稱行家？金大少，別人不知道我不賭的道理，你還不知道嗎？」

金河谷與林東相視一笑，二人心照不宣。

譚明軍拍拍林東的肩膀，說道：「林老弟，我去看看。」

譚明軍來了一次，他今晚不打算賭，卻也不想光站著瞧別人玩。他走上前去，譚明輝跟在他的後面，兄弟二人對賭石知之甚少，興趣卻很濃，卻也裝模作樣，一副看上去很懂的樣子。

正在選石的幾人都是江省地界上的知名人士，與譚明軍在各種場合有過照面，見他過來，只是微微點點頭，一心專注於地上的石頭。只有林東一人雙臂抱在胸前，無所事事。

金河谷見他落單，便過來問道：「林總，上次慈善拍賣會與你一起來的那位女士怎麼沒來？你們鬧掰了？」金河谷一直認為麗莎是林東的情人，因而有此一問。

林東轉頭朝他笑笑：「鬧掰？我和她根本就沒有在一起過。」

麗莎只在國內待了一個多月，如今回英國已快兩月了。這期間，林東幾次聯繫她，可就是渺無音訊。想起麗莎，他心中驀地湧起愧疚之感，也不知她現在在英國過得怎麼樣，開不開心……

金河谷訝然：「你……你說什麼？她不是你的妞嗎？」

林東冷笑，「金大少，我很想知道，是不是在你們富家公子的眼裏，所有年輕貌美的女人都只是你們的附屬品，一件可供玩樂的玩物？」

金河谷面色一僵，隨即露出陰冷的笑容：「你說的沒錯。女人嘛，從古至今一直是依賴男人存活的，所以就應該為此付出必要的代價。」

林東嗤之以鼻：「別忘了你也是女人生的。」

金河谷面肌一抖，林東這話顯然觸怒了他，他暗暗握緊了雙拳，手指的關節發出咔咔的聲音。許久，他長出了一口氣，告訴自己要克制，林東是客，無論如何，他也不能率先動手。

「林總，那位麗莎小姐你若是不要，可別怪兄弟我伸手。」金河谷本以為這句話會刺激到林東，讓他那張冷靜得與實際年齡不符合的臉顯現出憤怒之色，而林東卻只是微微一笑。

「你沒機會。」林東淡淡道。

金河谷目中寒光一閃，怒道：「姓林的，你小瞧我？告訴你，我金河谷看上的女人，至今還沒有能從我手心逃脫的！」

「不是我小瞧你，而是不可能。麗莎早已回了英國，你若是真的喜歡她，大可以追到英國，看看是你厲害還是英國皇室的皇子厲害。呵呵，說不定也能流傳出一段佳話，金大少你或許能成為蘇城萬千青年男女心目中的情聖呢。」林東隨口編了個謊。

金河谷心想以麗莎的絕色姿容，贏得英國皇家王子的青睞也是極有可能的，他略微洩氣，說道：「林東，你說的是真的？麗莎真的和英國王子在一起了？」

林東說道：「在不在一起我就不知道了，只是聽說有個王子在追求她。」

金河谷垂頭喪氣，金家就算是再有錢，也比不上英國皇室顯赫富貴。

林東瞧他這副模樣，心中冷笑。像金河谷這樣的富家子實在是為數不少，物質上富有，精神上貧乏，一直將財富權勢視作支撐身軀的脊樑，若是遇到更富有更有權勢的人，喪失了一直以來的優越感，便如同泄了氣的氣球，沒了鬥志。如金河谷之流，年紀輕輕，已堪當獨當一面的重任，能力不可謂不優秀，但正是因為缺乏強大的精神支撐，因而看似強大，其實卻相當脆弱。

「她那麼美，或許真的有朝一日可以嫁入英國皇室，成為王妃呢。」金河谷隻字不提追求麗莎的話，笑了笑，打趣道。看來他對麗莎的喜愛純粹是出於佔有欲的支配，根本就是無法經歷任何考驗的。

譚家兄弟走了過來，譚明輝笑問道：「哥，你看出什麼名堂沒有？」

譚明軍啐道：「我怎麼看，都跟小時候咱家後面的亂石堆上的石頭一樣。那玩意真的能切出翡翠？」

「那還能有假？上次林老弟給我選的石頭，就切出來一片碧綠碧綠的東西，他們說叫什麼……色貨，對，就是色貨。」譚明輝掏出手機，找出上次拍的照片，遞給他哥：「哥，你瞧瞧，這顏色多綠啊……」

金河谷見眾人都已選好了石頭，便與林東打了個招呼：「林總，失陪，我去招呼一下。」語罷，邁步朝前走去，朗聲道：「各位挑好了石頭，請隨我到一邊喝茶吧。」

眾人將自己選定的石頭標上了記號，切石工大劉推來一輛平板鐵車將那些石頭裝上，拉到了切石機旁。金河谷將眾人帶到離切石機幾米遠的茶座處，立時便有兩名身穿紅色旗袍的年輕女侍笑盈盈走過來斟茶。

金河谷走到大劉面前，吩咐了幾句，只見大劉起初一臉詫異，連連搖頭，被金河谷呵斥了幾句，便低下了頭，不再爭論。林東看他兩人神色有異，隔得較遠，聽不清金河谷講的什麼，卻隱隱覺得他正憋著壞水。

金河谷笑著走了過來，說道：「切石機的刀片磨損得厲害，我讓大劉去換一個，煩請大家耐心等一會兒。」

譚明輝前列腺有點問題，喝了點茶之後，憋不住了，起身道：「金大少，我去趟廁所。」

林東也站了起來，笑道：「譚二哥，我與你同去。」

金河谷道：「二位，廁所在東南角，別走錯了。」

二人出了棚子，譚明輝去了廁所，很快出來了，看到林東站著門口抽煙，問道：「林老弟，你不進去嗎？」

林東避而不答，笑道：「譚二哥，你覺得大劉真的是去換刀片了嗎？」

譚明輝撓撓腦袋，問道：「他不是換刀片，那是去幹嘛了？」

林東嘿嘿一笑，「我也不知道，咱去瞧瞧。大劉在金家幹了那麼多年，整日與那台切石機打交道，若是刀片真的磨損到不能繼續使用了，他難道會等到金河谷提醒才去換？」

經他一分析，譚明輝也看出了問題，來了興趣，低聲道：「林老弟，走，咱瞧瞧去。」

二人在夜色中潛行，繞過堆放原石的棚子，見後面有個低矮的小屋，裏面亮著一盞昏暗的白熾燈。林東對譚明輝打了個手勢，示意他不要弄出聲音，放輕腳步。

二人順牆摸到小屋外面，聽到大劉正在唉聲歎氣。

「少爺是不是傻了？這不是做賠本的買賣嘛……」

二人透過窗戶，見大劉正彎腰搬一塊原石。林東瞳孔深處沉睡已久的藍芒忽然間甦醒過來，促使他緊緊盯住大劉手上的那塊石頭，一股清涼之氣穿過窗戶，鑽入了他的瞳孔中。

林東拍拍譚明輝，二人躡手躡腳地離開了小屋。

「林老弟，金河谷這是要想幹嘛？不是換刀片嗎，怎麼連石頭也換了？」譚明輝低聲問道。

林東笑道：「譚二哥，金大少這是為了要讓我難堪，不惜血本哪。」

譚明輝明白了他的意思，嘿嘿一笑，心想不知林東與金河谷之間有什麼過結，金河谷竟然會那麼恨他。

二人回到棚子裏，金河谷正翹首企盼，見二人回來了，笑道：「二位可讓我好等，再不出現，我可就要派人去請了。」

林東擺擺手：「真是對不住啊，金大少，肚子不爭氣。」

說話間，大劉也回來了，手裏提著一個包袱，看上去分量不輕。金河谷已命大劉偷換了兩塊石頭，並做好了記號。

「大劉，還磨蹭什麼？各位老闆都等急了，趕快切吧。」金河谷大聲喝道。

大劉站在切石機旁，一臉痛惜的表情。譚明軍問道：「林老弟，這切石工的表情不大對勁啊？」

林東還沒開口，譚明輝搶先在他哥哥的耳邊低聲說了幾句。譚明軍的臉色一變再變，嘿嘿笑了笑，心想金河谷還是年輕氣盛，否則也不會使出這種傷人三分自傷七分的招數。他轉頭看了林東一眼，發現林東神情淡然，臉上掛著一抹似有似無的笑，忍不住為金河谷哀歎一聲。

末流者過招，比的是力氣大小；二流者過招，比的是招式精巧；一流者過招，比的是內功深厚；而絕頂高手過招，比的卻是胸襟氣度。單論這一點，金河谷已經先敗了一陣。大劉依次將七塊石頭全部切開，有五塊基本上算是廢料，而剩下的兩塊都是上好的毛料——色貨。

「恭喜張老闆和安老闆。」

切出色貨的兩塊原石上分別是張老闆和安老闆的姓氏，金河谷上前道喜之後，便朝林東走了過來，連連搖頭，口中唉聲不絕：「唉……林總，可惜了，今晚出了兩塊好石頭，你卻錯過了，我都替你感到遺憾。」

林東笑道：「是嗎？我倒是不覺得遺憾，就是有點為你心疼。」

金河谷眉頭一蹙，轉而笑道：「林總你說什麼？我怎麼聽不明白？」

林東擺擺手：「聽不懂就算了，我隨口瞎掰的。」他起身從金河谷身邊走過，和其他幾位俱樂部的會員打過招呼，一一握手道別。譚家兄弟和金河谷聊了幾句，與林東一同出了金家的賭石俱樂部。

等到眾人走後，金河谷前一秒還是滿面含笑的臉瞬間變得鐵青，他本想刺激一下林東，哪知對手完全不接招，就那麼拍拍屁股走了，讓他計畫落空，白白賠了幾十萬。

第二天上午，軍工股表現強勢，板塊中多支個股創出新高。金鼎公司的員工個個滿面春風，這個月公司整體營收再次刷新了記錄，意味著他們又可以拿到一筆豐厚的獎金。

資產運作部的許多員工已經開始計畫買車，在他們閒暇之餘，討論最多的話題就是關於車的。這些員工如今每個人每個月最低也有上萬的收入，而像崔廣才和劉大頭，更是月薪過了三萬，加上獎金，一個月有近四萬的收入。

林東現在已經懶得去關注自己的帳戶裏到底有多少錢，但他清楚，裏面的數字每天都在變大，已經大到了一個他以前不敢想像的天文數字。李國民前幾天來辦理了投資手續，並且帶了熟人過來，這些人都是蘇城有頭有臉的人物。

林東為了更好地服務這批官員，便在金鼎一號之外另外開闢了一個小型集合理財計畫，取名為「希望之星」，目前只有四個投資者，總共將近一千萬的資金，由他直接負責運作。短短幾天，已經取得了極為可觀的收益。

整個公司上下一心，金鼎投資也因而蒸蒸日上。

高倩已經開始為裝修她與林東的新居忙碌起來，她找了蘇城最著名的設計公司設計了幾套方案，她仍是覺得不夠盡美。這家公司的老總知道她是高紅軍的女兒，豈敢得罪，吩咐手下不要不耐煩，一定要好好伺候這位客戶。

林東下班之後，本已約好了和高倩一起去吃晚餐，在路上的時候，忽然接到了馮士元的電話。

「林老弟，一向可好啊？」馮士元在電話裏笑道。

林東很激動，他與馮士元雖然只相處了一星期，卻有了很深的交情，笑道：「馮哥，我很好，你在哪兒呢？怎麼電話裏那麼大風聲？」

馮士元道：「我到蘇城來辦事，剛下飛機，現在在溪州市的機場外面呢。」一聽他到了溪州市，林東心中大喜，連忙說道：「馮哥，你等我四十分鐘，我去接你。」

「好，老哥就等你這句話。」

掛了電話，林東給高倩打了個電話，說馮士元來了，讓她去酒店預定客房和準備晚餐。高倩一聽馮士元來了，也很開心。

林東驅車往溪州機場開去，出了市區，一路狂飆，在四十分鐘之內趕到了機場。馮士元穿了一身米色風衣，將風衣的領子高高豎起，稀疏的頭髮隨風亂舞，一隻手拎著皮箱，一隻手插在口袋裏東張西望，頗有點諜戰片裏特務的感覺。

林東在他身旁將車停下，下了車，哈哈大笑，一把抱住了馮士元。

「馮哥，你來蘇城，我真的很高興。」

馮士元笑道：「老弟，你這朋友我沒白交，沒想到你那麼熱情。」

林東從他手裏將皮箱子接了過來，放在車的後座上，請馮士元上車，開車直奔蘇城去了。

「馮哥，上次在你的地方，你那麼熱情地招待了我們，我終生難忘。這次到了我的地界，我和高倩怎麼說也得盡盡地主之誼。」

馮士元道：「老弟，老哥我這次來蘇城可不是兩三天就走的，可能會住一段日子。」

林東問道：「馮哥，你這次來蘇城到底所為何事啊？」

馮士元避而不答，反問林東：「老弟，你有沒有想過重回元和呢？」林東離職的消息他早已知曉了，只是不知他離職後去做什麼了。

林東看了看他，搖搖頭：「八抬大轎請我，我也不會回元和了。」

馮士元長歎一聲：「唉，那是元和的損失啊。」

林東笑了笑：「馮哥，這可不大像你啊，怎麼好端端的唉聲歎氣？」

馮士元苦笑道：「老弟，不瞞你說，我這次來是接魏國民的班啊。」

「馮哥，魏國民要調走麼？」林東問道，心想怎麼一點風聲都沒聽到。

馮士元搖頭苦笑：「非也……魏國民被擼了。」馮士元歎息了好一陣子，才將這個消息告訴了林東。

乍聽到這個消息，林東驚得險些叫出聲來，問道：「馮哥，這到底是怎麼回事？」

一路奔波勞累，馮士元一臉倦容，倚靠在車座椅上閉目養神：「林老弟，待會好好跟你說說。」

林東不說話，將車開得儘量平穩些，讓馮士元睡得舒服些。高倩去酒店訂好了房間，將門牌號發給了林東，林東看到了簡訊，將車往萬豪開去。從溪州機場到萬豪酒店，足足開了一個多小時。

「哦，到了嗎？」馮士元感覺到車停了下來，睜開眼問道。

林東點點頭，笑道：「馮哥，到了，咱們下車吧。」

二人推門下車，林東將放在後座上的皮箱子拎了下來，從車庫的電梯到了酒店的大堂。高倩坐在大堂的沙發上正在翹首企盼，見他兩個走來，笑著走了過去。

「馮哥，見到你真高興，你還是那麼有型。」高倩笑道。

馮士元哈哈一笑：「小高，你這話真是說到我的心坎裏去了，我也一直認為我很有型，等了好久，終於等到了欣賞我的人。」他轉而對林東道，「小子，好好對待小高，否則我可要老牛吃嫩草了。」

林東知他是在開玩笑，也不介意，三人哈哈一笑。

高倩掏出房卡，說道：「林東，馮哥遠道而來，我們先將他帶到房裏去吧。」

林東點頭，三人一起進了電梯，將馮士元帶到房間裏。馮士元一進房間，頓時讚歎道：「哇，太豪華了吧，總統套房，你們沒必要這麼破費吧？」

林東笑道：「馮哥，你就放心住吧。這家酒店高倩她爸有股份的，肥水不流外人田嘛。」

「馮哥，餓了吧，我在樓下的餐廳聽了包間，我們走吧？」高倩笑道。

馮士元摸摸肚子，笑道：「肚子早就咕咕叫了。」

三人來到餐廳的包廳，女侍拖著菜單含笑走來，問道：「幾位現在點菜嗎？」

林東問馮士元：「馮哥，你來吧，這家酒店做粵菜的大廚是重金從香港請來的，很有名氣，許多香港明星來蘇州做宣傳，只要住這家酒店，都是點那位廚師做的粵菜。」

馮士元擺擺手：「不了，入鄉隨俗，何況我還得在蘇城住一段日子，就吃蘇幫菜吧。」

林東對高倩道：「倩，你是這方面的專家，給馮哥介紹些蘇幫菜的經典菜式吧。」

高倩想起馮士元說過要在蘇城常住一段時間，便問道：「馮哥，需不需要我幫你租套房子？」

馮士元搖搖頭：「小高，多謝了，不需要了，元和已經幫我安排好了。」

林東笑道：「高倩，馮哥日後就是你們元和的大領導了。」

高倩聽得一頭霧水，眨巴著眼睛看著林東和馮士元。

馮士元不急不慢地問道：「小高，最近在公司見到魏國民沒有？」

高倩聽他一問，想了一下，說道：「我好像已經有十幾天沒看到魏總在公司出現了。馮哥，到底怎麼回事？」

馮士元歎息道：「魏國民出事了，已經被總公司停職，現在正在接受監管部門和公安機關的調查。我此次來蘇城，就是接手他留下的攤子。」

高倩訝然出聲，問道：「魏總到底怎麼了？」

「據我聽到的消息來看，應該是涉嫌洗黑錢，並且證據比較充足。唉，很可能會蹲監獄。」馮士元連連歎息。

菜上來之後，林東招呼馮士元動筷子。

「馮哥，這麼說你也算是臨危受命。」

馮士元一臉苦笑：「若不是總部的李總苦苦求我，你當我願意趟這趟渾水？林老弟，別人不瞭解我，你還不瞭解我嗎？」

馮士元和姚萬成是一批的人，現在這批人能留下來的，基本上都做到了公司的中層。而馮士元卻做了十幾年的客戶經理，不是他的能力差，放眼整個元和，沒人敢小瞧這個小小的客戶經理。

馮士元的能量，要比許多營業部的老總大得多，熟悉他的人都知道。

林東道：「馮哥，不管怎麼說，這擔子你既然擔著了，我相信以你的能力，攤子再爛，你也能收拾得妥妥當當。」

馮士元喝了點酒，面皮發紅，笑道：「你別給我戴高帽子，做我不喜歡做的事情，真的不帶勁。唉，算了，反正我跟總部的李總言明了，我最多只幹三個月。」

林東沉聲道：「馮哥，據我對魏國民的瞭解，此人心思縝密，做事不求有功但求無過，是個非常小心謹慎的人。洗黑錢可不是小罪，以魏國民的性格，怎麼會去以身試法呢？更令我疑惑的是，他就算是做了，怎麼會留下明顯的證據？」

馮士元道：「我對魏國民不大瞭解，見都沒見過。經你那麼一說，我倒是覺得他的落馬並不是表面上那麼簡單。」

林東舉杯：「馮哥，我敬你。希望你接下來的工作順風順水。」

高倩也舉起酒杯，對馮士元笑道：「馮哥，哦，不對，應該是馮總，我會鼎力支持你的工作的。」

馮士元哈哈一笑：「蘇城能有你們兩位好友，不枉我來一趟。小高，工作之外的時間你還是叫我馮哥，聽著親切。」

高倩笑道：「馮哥，等到週末，我帶你在蘇城好好轉轉，感受感受千年古城的深厚底蘊。」

晚飯吃完後，高倩向馮士元告辭，她知道自己在場，兩個男人有些話不好說。高倩走後，馮士元道：「林東，現在睡覺太早，你帶我去看看蘇城的夜景吧。」

二人進了車庫，林東開車駛出萬豪酒店，此刻已是晚上八點多鐘，整個蘇城燈火輝煌。林東沿著一條主幹道開著，到了元和所在的那棟大廈，他將車靠邊停了。

「馮哥，看到沒？那兒就是元和證券，我曾經工作過的地方。」

順著林東手指的方向，馮士元看到的是漆黑的一片。員工們早已下班，如今的行情，券商都處於寒冬階段，為了節省支出，一般不會加班，這樣可以省下電費。

馮士元盯了一會兒，與林東說道：「陪我上去看看吧。」

二人下了車，走進了大廈裏。大廈的物業老吳是負責夜晚大廈安全的保安，見有人進來，抬起微醉的雙眼，問道：「誰啊？」

林東上前，遞了根煙給老吳，笑道：「吳主任，不認識我啦？」

老吳看了他一眼，露出一口被煙熏得金黃的牙笑道：「林東啊，好久不見你了，現在在哪兒發財呢？」老吳將林東送他的煙放在鼻子下聞了聞，一臉陶醉，「哎呀，真香，抽那麼好的煙，你小子這是發了吧？」

林東笑而不答，說道：「老吳，我上去瞧一瞧。」

那麼晚了，按規矩他不能上去，這老吳是林東的同鄉，都是懷城出來的，也就為他大開方便之門，揮揮手，說道：「早點下來。」

林東點點頭，帶著馮士元進了電梯。元和證券在頂樓，二人出了電梯，林東重回故地，想起在這裏度過的半年多時間，心中感慨萬千，與馮士元邊走邊說：「這是拓展部的辦公室，那邊是創新業務部，樓上是客服部……」

門都鎖了，他們進不去，好在元和證券所有的大門都是玻璃的，雖然進不去，卻也能看到裏面，只是裏面漆黑一片，借助走廊上微弱的燈光，壓根看不清楚。

「魏國民的總經理辦公室在裏面，從外面看不到。馮哥，你什麼時候走馬上任？」

馮士元看了一圈，對元和的佈局有了大致的瞭解，說道：「明天我先和副總姚萬成碰個面，後天應該會正式上任。老弟，咱們走吧。」

二人乘電梯到了一樓的大堂，老吳正在慢吞吞抽著煙，閉目享受，那模樣飄然若仙。林東走到近前，從口袋裏掏出一包煙，放在老吳面前的桌子上，不聲不響走了。

「老弟，你離開元和之後做什麼工作？我瞧你現在這樣，應該是發財了。」馮士元好奇地問道。

林東笑道：「我和朋友合夥弄了一間私募公司，公司營運得還可以。」

馮士元一愣，他是行內人，在這種大熊市之中，日子難過的不僅僅只有券商，私募公司也好不到哪裏去。林東做私募發了財，倒是令他吃了一驚。

二人上了車，林東繼續開著車帶著馮士元走馬觀花到處看看。直到晚上十一點，才將馮士元送回酒店。

倪俊才動用了業內的關係，多方打探，得知本市海安證券的總經理楊玲與溫欣瑤的關係勢同水火，於是便決定找楊玲的營業部作為他們兩家此次第三方監管的合作機構。

既然楊玲與溫欣瑤不和，溫欣瑤又是金鼎投資的創始人，楊玲是絕對不會偏袒金鼎投資的，他為能找到這樣一家他自己滿意的第三方機構感到很高興。

倪俊才親自去了海安證券的營業部，找到了楊玲，跟她說明了來意。楊玲聽他說另一家機構是蘇城的金鼎投資公司，於是便也不急著答應倪俊才，說是要考慮一下。倪俊才回去之後，以為是自己沒給好處，隔了兩天，拎著禮品在楊玲家的樓下等，一直等到楊玲下班後回到家。

楊玲知道林東就在金鼎投資公司，本想一口答應下來，但想到行業內的規則，為了不讓倪俊才看出破綻，便故意拖延。哪知倪俊才卻等不及了，竟拎著東西到了她家。

「倪總，你幹嘛那麼客氣？」

楊玲將門打開，請倪俊才進去坐。

倪俊才笑道：「不值錢的化妝品，楊總，你別跟我客氣。」

楊玲笑道：「倪總，你也知道如今咱們這個行業的監管有多嚴，其實你今天不用來的，我已經考慮好了，願意做你們兩家的第三方監管機構。如果你非要我收下禮物，那麼這第三方監管，我的營業部就做不了了。」

倪俊才搓著手，訕訕笑了笑：「那……這個……」

「東西帶回去，事情我答應了。」楊玲直言道。

倪俊才站了起來，拿起了桌上的東西，笑道：「那真是不好意思了，楊總，多謝了，趕明我抽個時間，咱三家聚聚。」

楊玲點頭笑道：「這個自然是應該的，我既然把事情攬了下來，自然應該對你們雙方有所瞭解。倪總，這事你安排吧。」

第九章

出軌的對象

章倩芳仍在猶豫，她本是個本分的女人，
得知丈夫在外面有了女人之後開始放縱自己，
恰巧這時周銘出現在了她的身邊，
出於對丈夫出軌的報復，章倩芳與周銘漸漸走近了，
卻在不知不覺中愛上了對方。

出了楊玲的家，倪俊才看看手中的名貴化妝品，心想可不能浪費了，於是便開車去了他給二奶買的房子。倪俊才如今鹹魚翻生，這幾個月來賺的缽滿盆滿，越來越看家中的黃臉婆不順眼，一點也提不起性趣，便學別人在外面養了個二奶，是溪州市藝校的一個學生，名叫李小曼，今年還不到二十，與倪俊才在酒吧認識後，經不住他的金錢攻勢，很快便向倪俊才張開了雙腿。

倪俊才自從與這女生在一起之後，像是又回到了二十幾歲的時候，沒日沒夜貪婪的在李小曼身上無度的索取。他開車出了楊玲所在的高檔社區，給李小曼打了個電話，笑問道：「小曼，在哪呢？怎麼那麼吵？」

李小曼的一個同學過生日，正和一群人在唱歌，大聲說道：「老公，我在外面唱歌呢，怎麼啦？」

倪俊才有些不悅，冷冷道：「快回家，洗香香了等我，不然的話，我手上價值一萬多塊的化妝品可就要帶回家送給你大姐了。」

李小曼一聽這話，高興的跳了起來，急急忙忙與同學告別，到外面搭車直奔她與倪俊才的愛巢去了。

周銘苦惱了很多天，林東要他找倪俊才挪用客戶資產謀私利的證據，他暗中調查了很多天，卻一點頭緒都沒有。不過好在生活中發生了一些有趣的事情，才讓他不至於覺得人生灰暗。

周銘下班後回家換了一身休閒點的衣服，最近他在酒吧裏認識了一個三十幾歲的怨婦，風韻猶存，別有一番韻味。這位姐姐已經完全把他當做了傾訴的對象，連續著幾天，都約他在酒吧見面。昨晚周銘因為有事沒去，這怨婦竟連續給他打了幾十個電話。

他將自己收拾得體面些，這個怨婦已經漸漸對他失去了戒心，只要再耐心點，他有信心將這女人搞上床。

倪俊才趴在李小曼身上發洩之時，卻不知他的老婆章倩芳在對著他的下屬周銘抹眼淚。

姚萬成接到元和證券總部李總的指示，為馮士元找了一家四星級的賓館，包了一間房。他親自開車將馮士元送到了那家賓館，才打點好了一切。

「馮總，上次咱們見面好像還是十幾年前吧？」

馮士元道：「是啊，一別十幾年了，我還記得那次是去桂林玩。老姚，那時候你可比現在瘦多了。」

姚萬成摸摸凸起的肚皮，笑了笑：「馮總，這家賓館離咱們公司很近，步行過去也就十分鐘左右。咱們營業部有一輛公車，就是我今天開來的那輛，以後就留給您用。」姚萬成將鑰匙交到馮士元的手中。

「老姚，你安排一下，明天我要見見營業部的同事，和大家碰碰面。」

姚萬成微微驚愕，笑問道：「馮總，你初來蘇城，不歇息幾天，走走玩玩？」

馮士元見他目光遊移不定，似乎不太願意自己那麼快接手蘇城營業部的事情，於是笑說道：「老姚，別人不瞭解我，你還不知道我麼？我來這也就是掛個名而已，早點上任，也就是好對總部有個交代，至於營業部的事情，還得依仗你處理。你在蘇城營業部十幾年了，情況比我熟悉，所以還得請你多擔著。」

姚萬成笑得很燦爛，說道：「馮總說的哪裏話，我們做副手的，本來就是要為正職分憂嘛。公司的事情在我身上了，我一定能處理得妥妥當當。」

「沒什麼事你就先回吧，別為了我耽誤工作，我待會出去轉轉。」馮士元道。

姚萬成起身出了房間，臨走前讓馮士元有事情就給他打電話。他出了賓館，臉就冷了下來，這幾年處心積慮想要除掉魏國民取而代之，心想總算是把魏國民除掉了，論資歷，蘇城營業部是沒人能與他競爭的了，甚至連分公司的老總也說會讓他出任總經理一職，可他萬萬沒想到的是，總部的李總管起了這事，空降了一個總經理過來，讓他的一切計畫都落空了。

他與馮士元也算是老相識，十幾年前他剛進元和，還是新人的時候就認識了他，知道馮士元這麼多年來一直沒有長進，始終在做最底層的工作，如今卻搭上了火箭，從客戶經理一下子升到了營業部老總，這讓姚萬成心裏更加不平衡。

魏國民已經進去了，姚萬成已將蘇城營業部當成了自己的菜地，對於突然佔據了這塊菜園子的馮士元，他有種本能的敵意。他一路走一路想，魏國民這隻老狐狸都能被我整死，還怕馮士元這個外來的和尚？

想到此處，姚萬成的腳步輕快了許多，嘴角漾起一抹陰笑，心想那麼多年都等過來了，大不了再等等，蘇城營業部還會是他的天下。

倪俊才走進周銘的辦公室，見周銘正對著電腦壞笑。

「小周，笑啥呢？」倪俊才扔了根煙給他，在周銘對面的沙發上坐了下來，「我倒想知道是什麼事情讓你笑得那麼得意。」

周銘低聲道：「倪總，我正和一個寂寞熟女聊天，她現在一刻也離不開我。」

倪俊才道：「老弟，你怎麼就好這口？那麼大年紀了，皮鬆肉贅的，哪有十八九歲的小姑娘白嫩？」

周銘擺擺手：「倪總，蘿蔔青菜各有所愛，你喜歡小女生，而我偏偏就喜歡熟女。她說她老公把家當成了旅店，偶爾回一次，長年累月在外面鬼混。像這種寂寞難耐的女人最容易得手了。」

倪俊才心裏咯噔一下，心想他就是把家當旅館的男人，老婆章倩芳會不會也守不住寂寞？轉念一想，章倩芳是個規矩的女人，門都不怎麼出，送她個好點的手機都不會用，上網聊天就更不會了，想了想倒也不擔心老婆出軌。

章倩芳與周銘以前只是每晚在酒吧裏聊聊天，經不住這年輕男子的挑逗，她心中情愫暗生，後來忍不住白天也給周銘發簡訊，周銘嫌一條一條簡訊發得難受，便教她上網申請了一個ＱＱ。

隨著二人的熟悉，聊的話題也不斷深入與拓寬。周銘已漸漸虜獲了這寂寞熟婦的芳心，時不時在網上說一些露骨的話，起初章倩芳還會斥責他幾句，而周銘卻變本加厲，令她漸漸失去了招架之力，徹底淪陷了。

「小周，我約了林東吃飯，今晚你陪我一塊去吧。」倪俊才進來就是為了說這個事的。

周銘愣了一下：「不會吧？倪總？你也清楚我和林東之間的過節，我去不大好吧？」

倪俊才狠狠吸了口煙，說道：「你現在是我的人，還怕他做甚？我就是要把你帶過去刺激他。再說了，你現在是我的副手，你們之間遲早也是要見面的。」

「那好，我聽倪總的吩咐。」周銘含笑點頭，心裏卻在冷笑，心想倪俊才敗象已露，雖比林東多吃了許多年飯，但論起手段，卻比林東稚嫩了許多，想到此處，不禁慶幸他已投靠到了林東那邊。

楊玲上午就接到了倪俊才的電話，說是他已約好了金鼎投資的負責人，晚上定在凱賓大酒店吃飯。楊玲心想，今晚林東看到第三方監管機構的負責人是她的時候，會是怎樣的表情？

林東下班後便開車往溪州市去了，到了酒店，倪俊才已經到了，正在大堂裏等他。

「林總，走吧，那邊。」倪俊才在前帶路，回頭笑道：「林總，待會介紹位老朋友給你認識。」他走到包廂前，站在外面的服務生便為他倆推開了包廂大門。

「周銘！」林東見到坐在沙發上的周銘，露出略微驚愕的表情。

周銘為了配合他演戲，站了起來，尷尬地說道：「林總，好久不見。」

倪俊才哈哈一笑：「林總，周銘以前是你公司的員工，現在跟著我幹了，能力很強，我不得不說，是你的失誤才讓我得了個人才，哈哈……」

林東臉上閃過一絲不悅的神情，問道：「倪總，還缺人吧？」

倪俊才道：「哦，我打電話問問。」他掏出手機，剛把電話撥了出去，門開了，楊玲走了進來。倪俊才裝起手機，笑道：「林總，人來了。」

林東見來的是楊玲，剛想過去打招呼，卻見楊玲對他使了個眼色，上前笑問道：「倪總，這就是你說的金鼎投資負責人嗎？也太年輕了吧，我都不敢相信。」

倪俊才笑道：「介紹一下，林總，這是蘇城海安證券營業部的一把手楊總，楊總，這就是金鼎投資的林總。」

楊玲取出名片，遞給了林東，笑道：「林總，幸會幸會，日後有機會，還請多多支持我的工作。」

林東已經從初時的驚愕中醒悟過來，他已經看出倪俊才並不知道他與楊玲的關係，這對他而言絕對是個好事。他學著楊玲，從懷裏掏出名片夾，取了一張名片遞給了她：「楊總，有機會一定多多合作！」

倪俊才招呼他們坐下，叫來女侍，讓她們趕緊上菜。

「周銘，把我帶來的那瓶好酒拿來。」

周銘應了一聲，走到一旁的茶几上，把倪俊才帶來的那瓶五十年佳釀拿了過來，交給了站在餐桌旁邊的女侍。

酒過三巡，菜過五味。三人開始說起正事。

「林總，你看咱們各自鎖倉國邦股票百分之三十的手續，我們什麼時候到楊總那邊辦了？」倪俊才問道。

林東笑道：「倪總，這事你不問我，我也打算跟你說的。既然來了蘇城，我想越快越好，怎樣？」

倪俊才大喜：「那太合適了！就這麼定了，明天去楊總那裏把手續辦了。」

鎖倉後，他們兩家把國邦股票百分之三十的倉位交與楊玲的營業部監管，屆時楊玲會修改兩家交給她的帳戶密碼，在沒得到雙方一致同意之前，不會將密碼透露給任何一方，這是私募界不成文的規矩。

楊玲喝了些白酒，俏臉通紅，林東低頭看到她玉臂上冒出零星的紅點，才想起她不能飲酒，便對倪俊才道：「倪總，楊總貌似不能喝酒，你就別勸酒了。來，我陪你！」

倪俊才喝得最多，已有些醉意，說話也不太顧忌，笑道：「老弟倒是懂得憐香惜玉，楊總可以不喝，但是你躲不掉。」

周銘的手機不停地響，章倩芳一直發簡訊給他，本來約好晚上去酒吧的，豈知臨下班前倪俊才告訴他今晚有飯局，雖然已跟她說了，可章倩芳卻是不依不饒，催他趕緊過去。周銘心想，這女人怎麼像個小女孩似的。

章倩芳等不到周銘的簡訊，忍不住給他撥了幾個電話，都被周銘按掉了。

「小周，誰的電話，是不是找你有急事？」倪俊才問道，「沒事，我陪林總，你去接吧。」

周銘如蒙大赦，低聲在倪俊才耳邊道：「還是那女人，我出去應付一下。」

出了包廂，周銘接了電話，只聽章倩芳在低聲抽泣，任憑他怎麼問，她就是不說話。周銘知道到了攻堅的最後關頭，耐著性子跟章倩芳解釋，不住道歉，說是領導要他過來，他不得不來。

過了許久，章倩芳止住了哭泣，柔情蜜意地道：「我已經回家了，你應酬完了之後早點回家休息吧，別喝太多酒。」

周銘心中忽然湧出一股暖流，柔聲道：「小蜜蜂，我想去找你，可以嗎？」

「小蜜蜂」是章倩芳的網名。

電話裏沉默了好一會兒，章倩芳低聲道：「我先掛了，我問問他今晚回不回來。」

章倩芳嘴裏的那個「他」就是她的丈夫倪俊才，而周銘卻並不知曉。

周銘料想，很有可能今晚他就能如願以償把這怨婦弄上床，興奮得不得了，一看時間，竟然已經在外面講了十幾分鐘的電話，便扭頭進了包廂。

倩芳靠在沙發上猶豫了好一會兒，不知道該不該問丈夫今晚回不回來，摸著微微發燙的臉頰，心想剛才怎麼就答應周銘了。

周銘進了包廂，倪俊才已吃得差不多了。周銘這一晚上表現得很沉悶，分別敬了倪俊才和楊玲幾杯，就是沒有理林東。他要表現出對林東仍然懷有很深的敵意。

酒席接近尾聲，倪俊才拍拍周銘的肩膀，在他耳邊低聲道：「對付敵人不只是對抗這一種方法，有時候更應該主動示好。小周，你是聰明人，一點就通，不需要我多說。」

周銘會意，倒了一杯酒，站了起來，笑道：「林總，以前在金鼎的時候承蒙您的照顧，十分感謝，我敬你一杯！」

林東來者不拒，對周銘微微一笑，乾了一杯。

章倩芳給倪俊才打了幾個電話，一直無人接聽。飯局結束之後，倪俊才穿起搭在椅子上的西裝，感覺到口袋裏手機的震動，這才看到她的來電。

「老婆，什麼事？」他知道章倩芳一般不會給他打電話，連續打多個，肯定是有事。

章倩芳編了個謊，說道：「老倪，明天兒子學校開家長會，你去不去？」

倪俊才打著酒嗝，說道：「我哪有時間，跟往常一樣，你一人去就行了。」

「兒子說想你了，問你今晚回不回來？」章倩芳問道。

倪俊才道：「我在外面應酬，還不知道什麼時候才能結束，別等我了，這樣吧，你告訴兒子，我明晚回家看他。」

章倩芳歎息一聲：「知道了，你注意血壓，別熬夜。」

倪俊才心裏一暖，心想還是自己的老婆疼人，知道關心他的身體，二奶只會張嘴向他要錢。若不是已答應李小曼晚上去她那裏，倪俊才還真想回家好好睡一覺。

三人出了酒店，倪俊才與周銘各有心思，匆忙先走了。

章倩芳一直沒有回周銘的電話，周銘坐立不安，將車停在了路旁，打了個電話，過了許久，電話才接通。

「怎麼樣，什麼情況？」

章倩芳猶豫了一下，低聲說道：「他今晚不回來。」

周銘興奮地一揮拳，激動地說道：「小蜜蜂，我現在就去酒店開房間，你等我消息。」

章倩芳害怕被人瞧見，連忙說道：「別！我不想去賓館，要不到我家來吧？」

「你家？」周銘更興奮了：「你兒子不是在家嗎？」

「沒有，被他姥爺接過去了，晚上不回來。」

「那好，你把地址發到我手機上，我立馬就過去。」

掛了電話，周銘發動了車子，常說女人三十如狼四十如虎，他猛然意識到章倩芳正處於如狼似虎的年紀，這是他倆第一次偷情，他想要有個完美的表現，以期待在心靈和肉體上將這個寂寞哀怨的熟婦完全征服。

倪俊才和周銘走後，楊玲去了趟洗手間，林東站在外面等她。過了許久，楊玲才從裏面出來，一張俏臉蒼白一片。

「楊總，你沒事吧？」林東關切地問道。

楊玲強顏笑道：「沒事，我這酒量喝不得白酒，剛才胃裏難受，吐出來就感覺好多了。」

林東自責道：「都怨我，早知你不能喝酒，眼看倪俊才勸你喝酒也沒阻止。」

「林總，你又何須自責？他勸歸他勸，若不是我自願開口喝的，他還能灌我不成？說到底，還是我自個兒的錯。」

林東扶著楊玲出了酒店，見她醉成這樣子，怎能放心讓她獨自開車回去，便說道：「楊總，我把車放在這裏，先開你的車把你送回家，然後過來取車。」

楊玲喝了不到一兩的白酒，已然大醉。雖然吐了，但仍是很難受。林東扶著她，她便靠在林東的肩膀上睡著了。

林東連續叫了幾聲，楊玲仍是不答話，看來醉得不輕。他無奈之下，只好從楊玲的包裹將車鑰匙找了出來，打開車門，將她橫放在後座上。林東去過楊玲家兩次，記得她家在哪裏，當下便開著車往楊玲的家去了。

車行到半路，林東想到楊玲對酒精過敏，回頭一看，她的手臂上果然已冒出了許多暗紅色的小點。他不知上次給她買的藥還有沒有，心想還是再買些藥比較好，便在路邊找了家藥店，停車下去買了藥。

楊玲躺下來之後，覺得醉酒的痛苦減輕了許多，只是口乾舌燥，喉嚨裏像是著了火似的，很想喝水。她掙扎著想坐起，卻發現渾身乏力，提不起一點力氣。林東將車開到楊玲家的樓下，回頭喊了幾聲。

「楊總，醒醒，到家了。楊總。」

楊玲嘴裏發出一聲痛苦的呻吟，睜開眼看了他一眼，隨即又合上了眼。

林東搖搖頭，心裏歎了一聲，下車拉開了車後門，說道：「楊總，得罪了。」語罷，他一把將楊玲撈起，橫著抱了起來進了電梯，好在此時已經很晚了，電梯裏並沒有其他人。

章倩芳一直在窗前踱步，不時朝樓下望幾眼，手裏握著手機，一顆心怦怦直跳。忽然一輛銀色的車停在了她家樓下，車裏走出一個人，章倩芳看到那人，一顆心忽然收緊，緊張得差點喘不出氣來。

周銘進了電梯，來到章倩芳的門前，按響了門鈴，卻是半天也無人開門。周銘拿出手機，打了幾個電話給章倩芳，還是沒有人接。他站在門口，已經聽到了屋裏手機的鈴音。

他在門前徘徊了一會兒，幾次忍不住想要拍門大聲問問章倩芳為什麼不給他開門，卻又害怕驚動了鄰居。他畢竟是來搞別人老婆的，不敢做得明目張膽。

「外面好冷，我都快凍僵了。」關鍵時刻，周銘使出了苦肉計，給章倩芳連續發了幾條簡訊。章倩芳仍在猶豫，她本是個本分的女人，得知丈夫在外面有了女入之後開始放縱自己，恰巧這時周銘出現在了她身邊，出於對丈夫出軌的報復，章倩芳與周銘漸漸走近了，卻在不知不覺中愛上了對方。

周銘已經失去耐心，他心想發完這條簡訊，如果章倩芳還不開門，他就回去。

章倩芳收到簡訊，鬼使神差地朝門口走去，心中所有的猶豫與不肯定都在那一瞬間消散了。她拉開門，卻沒看到周銘，心裏產生了一種悵然若失的感覺，就在她快要關上門的時候，周銘卻笑著出現在了她的面前。

周銘伸手擋住了門，章倩芳眼中神色複雜，既驚愕又驚喜。

「你……不是走了麼？」她結結巴巴問道。

周銘笑道：「知道你會開門的，我怎麼捨得走？小蜜蜂，不讓我進去嗎？」

「我……」

章倩芳攔在門口，她清楚放周銘進來之後會發生什麼事情，一時間心情複雜，猶豫不定。

周銘一步步逼近，說道：「小蜜蜂，叫鄰居看見可不好，你要不……先讓我進去吧？」

章倩芳聽了這話，猶豫了一下，還是將門拉開了：「你……進來吧。」

周銘進了屋內，順手將門從裏面反鎖了。章倩芳背對著她，正往客廳裏走去。

他大步流星，幾步就攆上了她，伸出雙臂，從後面抱住了章倩芳，成熟女人特有的體香鑽入鼻中，已使他興奮得不得了，喘息漸漸沉重起來。

「你……你放開我，我……我去給你倒杯水。」章倩芳掙扎著，她的力氣哪裏能比得上一個青壯男人。

「我不渴，我不要喝水。」周銘將她抱得更緊了，一雙手已在她胸前不安分地撫摸起來，他已漸漸聽到章倩芳壓抑的喘息聲。

周銘忽然間看到臥室牆上章倩芳和老公的結婚照，一時愣住了，呆呆地看著照片上的那個男人，心想這人怎麼那麼像倪俊才？照片上的那個男人滿頭黑髮，身材瘦弱，而他認識的倪俊才卻是個禿子，挺著個圓滾滾的啤酒肚。

章倩芳見他盯著牆上的結婚照發呆，在他胳膊上捏了一把，催促道：「傻站著幹嘛？」

周銘很快從驚愕中平靜下來，想起倪俊才之前對他的種種侮辱，心中忽然生出一種報復的快感。

「倪禿子，對不起了，今晚就讓我享用享用你的老婆吧，哈哈……」

周銘一早醒來就離開了章倩芳的家。他不敢在那裏繼續逗留，怕倪俊才突然回來。以他對倪俊才的瞭解，三教九流都有認識的人，如果被倪俊才發現了他和章倩芳的姦情，恐怕他死都不知道怎麼死的。

不過周銘並不後悔與章倩芳發生了關係，心裏雖有些害怕，更多的卻是興奮，偷情的興奮與報復的快感令他瘋狂起來，周銘的心裏有一種前所未有的滿足感。

海安證券營業部。倪俊才已經到了，正在楊玲的辦公室裏喝茶聊天，見林東來了，往旁邊挪了挪屁股，空出位置給林東坐。

「林總，抽支煙。」倪俊才遞了根煙給林東，並熱情地為他點火。

楊玲的秘書進來給林東泡了杯茶，三人聊了一會兒。

「林總，要不咱現在就把手續辦了？」倪俊才問道。

林東點點頭，笑道：「希望與倪總合作愉快。」

楊玲帶著他們走完了流程，將各自國邦股票半分之三十的倉位交給楊玲的營業部監管。根據協定，鎖倉之後，兩家便要不遺餘力地拉升國邦股票的股價。倪俊才的倉位遠比他重，除去挪用謀私利的資金外，他幾乎將剩餘的全部資金都投到了國邦股票上。

可以說，國邦股票就是倪俊才的身家性命。這一票做得好，夠他幾輩子衣食無憂，若是做砸了，也會讓他萬劫不復。對於國邦股票，倪俊才自然是會全力以赴拉升股價。如今他唯一忌憚的對手林東也已與他達成了協定，成為了他的同盟軍，再也沒有其他機構試圖從他嘴裏奪食。倪俊才感到肩上的壓力減輕了一些，但接下來的日子會更忙碌，他要動用所有能動用的關係，大肆宣傳國邦股票。

能夠早一日達到他理想的價位，便能早一天出貨。倪俊才心裏早有計劃，等到這一票收了網，他就洗手不幹了，用餘生剩下的時間去享受生活。下午兩點之後，他就一直坐在辦公室裏打電話，邀請一些報社的知名記者和股評家吃飯。

打完了電話，倪俊才叫了幾個閒人進來，吩咐他們去採購禮品，打算送給剛才他在電話裏聯繫的那些人。除了送禮，他還得準備薄厚不一的紅包。只有錢送到了位，那幫人才會賣力地替他宣傳。

林東回到公司，去了穆倩紅的辦公室，問問她最近這段時間公關工作進展怎樣。穆倩紅能力出眾，加上林東的全力支持，不缺人也不缺錢，經過一段時間的疏通，已為金鼎投資公司發展了不少人脈。

林東認真聽取了她的彙報，將幾個重點人物挑了出來，讓穆倩紅儘快去邀約，他打算親自見見這幾位在不同領域很有影響力的大腕級人物。穆倩紅立時便行動了起來。

馮士元第一次進入魏國民的辦公室，發現這間辦公室所有魏國民的私人物品都已清空了，並且重新裝修了一番。姚萬成將營業部全體員工召集到了會議室，人全部到齊之後，他才去將馮士元請到會議室。

「馮總，人都齊了，就等你指示呢。」姚萬成畢恭畢敬地道。

「老姚，我能有什麼指示？做了十幾年客戶經理，都是聽別人的指示。這一當領導，還真是覺得不會說話了。」倪俊才笑道。

二人說話間便已進了會議室。

馮士元踏入會議室的那一剎，只有高倩鼓了鼓掌。這掌聲顯得相當孤單與寂寥，還不如沒有好，有了倒是讓馮士元更加尷尬。

「大家起身，歡迎馮總！」姚萬成揚聲道，帶頭鼓起掌來，把手掌都拍紅了。

他一發話，所有人都站了起來，掌聲如雷，在並不寬大的會議室內迴盪，震得人耳膜發麻。

馮士元微微一笑，已經感受到了來自姚萬成的壓力，心想這人表面上對我尊重有加，其實心裏並不把我當回事。這一齣，難道不是他給我的下馬威嗎？心裏歎了一聲，他對爭權奪利之事厭倦之極，若不然，以他的人脈和能力，怎麼可能做了十幾年還是客戶經理！

姚萬成朝下面壓了壓手掌，示意眾人安靜下來，頓時掌聲就停了。

「大家安靜，咱們營業部新來的馮總有話要講，請大家務必保持安靜。」姚萬成往旁邊一站，一臉得意的笑容。他就是要讓馮士元知道，這裏所有人都聽他的，蘇城營業部是他的地盤。自從溫欣瑤離開元和之後，魏國民便更加倚重姚萬成，幾乎將營業部大小事務都交予他打理。

姚萬成依仗魏國民對他的信任，結黨營私，肆無忌憚地打壓異己。原先有許多不對他路子的，除了忍受不了他主動離職的那些人，剩下的也已沒了脾氣，忍氣吞聲。現在，整個蘇城營業部重要的崗位全都被他安插了自己人。雖然他名義上只是二把手，但說話卻要比一把手馮士元管用得多。

馮士元笑了笑，說道：「我沒什麼可講的，以前也沒有管理公司的經驗，今天把大家召集起來，主要是認識一下。先自我介紹一下，我姓馮，馮士元，還請大家在以後的工作中多多配合我。」說完，鞠了一躬。

那些暗中對姚萬成不服的員工發現，新來的總經理竟是個軟蛋，紛紛在心裏唉聲歎氣。原以為總部會派什麼高人過來，能夠好好整頓整頓蘇城營業部，肅清姚萬成這一派宵小之輩。如今看來，這些美好的希望終究只是希望，不會有多大實現的可能。

「從誰先開始？」馮士元笑問道。

下面沒一個人回應，高倩坐在最前面，站了起來高聲道：「就從我先開始吧，馮總您好，我叫高倩……」高倩將她何時進的公司，目前處在什麼崗位以及工作的近況一一說了。

姚萬成本打算再顯擺一次他的話有多管用的，卻沒想到高倩從半路殺了出來。若是別人他還能找機會整一整，但對於高倩，他卻是膽子再大也不敢對她怎樣。誰讓人家是高紅軍的女兒，就算是往他臉上搧巴掌，他也只能笑著讓她搧。

高倩介紹完自己之後，大家便按序一個一個起來介紹自己。不為人知的是馮士元擁有超於常人的記憶力，一百多號人全部介紹完之後，他已將這一百多號人的姓名與職務記在了腦子裏。

一個下午的時間就這麼過去了，馮士元剛回到辦公室坐下，水還沒來得及喝一口，姚萬成又笑著走了進來，也不等馮士元請他坐下，已在對面沙發上坐了下來。

「馮總，我訂了一桌席，為你接風洗塵，各部門頭頭也會去。」姚萬成笑道。

馮士元忽然說道：「老姚，要你自掏腰包請多不好意思。」

姚萬成臉上表情一僵，訕訕笑道：「不，是公司出的錢。」

馮士元「噢」了一聲：「那就沒什麼不好意思的了，把拓展部的小高也叫上。」

「哪個小高？」姚萬成沒頭沒腦地問道。

「高倩！」馮士元道。

姚萬成起身出去，心中暗自不悅。雖然底下人都聽他的，但在馮士元面前，他畢竟是下屬，馮士元要他叫上高倩，他只能照做，但他十分不習慣馮士元以命令的口吻對他說話。

「須得想個招兒讓你早點滾蛋，免得看著礙眼。」

姚萬成走到外面。高倩正往外走，他心想已經到了下班時間，那就讓她下班吧。他在外面站了一會兒，轉身又進了馮士元的辦公室，說道：「馮總，小高已經下班了，要不要我打電話讓她回來？」

他本是客氣一句，誰知馮士元說：

「那你打電話讓她回來吧。」

姚萬成在心裏罵了一句，早知這樣，他剛才就把高倩叫住了，真是搬起石頭砸自己的腳。

「喂，高倩，我姚萬成吶，到哪兒了？今晚有個飯局，為馮總接風洗塵。馮總點名要你也參加，趕緊回來吧。」姚萬成不知馮士元與高倩早就認識，心想高倩那麼漂亮，這傢伙難道是個好色之徒，看上高倩了？

想到此處，他的嘴角泛起一絲陰笑，已想到了對付馮士元的法子。

高倩還在等電梯，接到姚萬成的電話就折回了公司。她本來約好和林東一起吃飯的，既然馮士元點名要她留下，就推了和林東的約會。林東也不介意，馮士元是他倆共同的朋友，他初到元和，有個熟人照應，自然會好上很多。

高倩進了辦公室不久，馮士元和姚萬成並肩走了過來，各個部門的頭頭也陸續在辦公室聚齊。

姚萬成見人都到齊了，揮揮手，說道：「走吧，去酒店。」

第十章

人事鬥爭

馮士元仔細想想今天所做的事情，實在是有欠考慮。

他等於就是明擺著和姚萬成翻臉了，恐怕以後連表面上的和氣都將不復存在。

如今他要做的就是團結可團結的力量，打壓姚萬成的勢力。

想想他這個總經理幹得也窩囊，他在元和幹了那麼些年，

還是頭一次聽說一個總經理要搞一個副總竟然那麼費力，偏偏這事就落在了他的頭上。

馮士元不識路，坐高倩的車到了酒店。

這頓飯名義上說是為馮士元接風洗塵，但開席之後，姚萬成那派人便疏遠了他，每人敬了他一杯酒之後便再也不理他了。姚萬成和那幫人有說有笑，推杯換盞，時不時過來和馮士元聊幾句，安慰說員工們只是和他不熟悉，比較怕他。

好在有高倩在場，馮士元不至於覺得太孤單。他心裏想想也覺得悲哀，他本無意做這個勞什子總經理，來此之後也只想著怎麼熬過三個月，履行完對總部李總的承諾，之後他便可以掛印而去。

正式入主蘇城營業部之後，他才發現這裏的水有多渾。他本無敵意，而姚萬成卻不斷向他示威，意在警告他最好乖乖聽話。馮士元還不清楚姚萬成的旗下到底聚集了多少人，不過想摸清楚這個並不困難，只要他佈置一個任務下去，看看所有人完成的情況，自然便會知曉了。

一頓飯吃完，姚萬成喝得醉醺醺的，一再邀請馮士元去會所裏玩玩，都被馮士元藉口拒絕了。姚萬成見他執意不去，便帶著其他人走了。高倩開車將他送回賓館，路上，馮士元問道：「小高，魏國民是怎麼落馬的，你清楚嗎？」

高倩搖搖頭：「馮哥，如果不是你告訴我他進去了，我甚至可能到現在還不知道這事。說來也奇怪，不聲不響就進去了，一點徵兆都沒有。」

馮士元心想，如果魏國民是被人在背後捅了一刀，那麼那個人下的那一刀一定是又快又準又狠，若不然，以魏國民的能量也不至於直接就進去了。

到了賓館門前，馮士元向高倩說了聲謝謝，就下車回了賓館。進了房間，馮士元腦子裏回憶今天在公司發生的一切，冷笑了幾聲。他是個與人和睦的人，但若是有人想騎在他頭上拉屎屙尿，他一定不會坐以待斃。

他掏出手機，撥通了林東的電話：「喂，老弟，有沒有興趣出來喝點兒？」

馮士元所住的賓館就在元和證券附近，那一帶林東很熟悉，輕車熟路到了那裏，打電話讓馮士氣下來。馮士元鑽進了他的車內，笑問道：「老弟，你打算帶我去哪兒？」

林東笑道：「是個好地方，到了你就知道了。」他一踩油門，直奔郊外去了，開了半個小時，進了大學城。馮士元看著窗外，路上儘是成群的年輕男女。

往前開了一段，到了一個廣場似的空曠的地方。一陣陣孜然的味道飄進鼻中，馮士元猛吸了幾口，豎起拇指對林東道：「老弟，這地方好啊！饞死我了，我最喜歡吃烤串，夠味道！」

馮士元今晚在大酒店吃得不自在，到了這裏被勾起了食欲，和林東吃著毛豆和花生，不時碰杯。

「老弟，這麼好的地方你是怎麼發現的？」馮士元吐出一個毛豆皮，笑問道。

「我在這一片混了四年，這地方我能找不到？」

馮士元明白了過來：「哦，原來你以前在這上大學啊。」

「是啊，我的母校離這兒不遠。以前常和朋友們一起來這兒吃燒烤。」

馮士元本來有一肚子話想對林東說的，但到了這裏之後，幾串肉串下肚，心情大好，倒是忘了找林東喝酒的初衷。林東重回故地，想起了往日在學校時的日子，倒是莫名傷感起來，那時雖然只是個窮學生，卻過得無比充實開心，若是時光可以倒流，他倒是有想回到過去的衝動。

「那時候還是窮學生，每次吃燒烤是最解饞的。馮哥，不怕你笑話，我曾在心裏想，若是能過上每天都有羊肉串吃的日子，那日子就算是好得頂天了。」

馮士元道：「人生就是如此，我比你多吃了二十來年的飯，經歷也比你多些。人們老說理想啊理想什麼的，理想是個屁啊！一個餓得發瘋的漢子，他最大的理想就是吃飽。朱元璋做和尚的時候，我就不信他的理想是推翻暴君自個兒當皇上。」

「的確，人的眼光其實很短淺，處在什麼境地，關心的永遠只是眼前寸把長的事情。」林東點頭道。

「老弟，姚萬成這個人怎麼樣？」馮士元問道。

林東反問道：「馮哥，怎麼了？」

「這人讓我很不自在。」馮士元說道。

林東略一琢磨，姚萬成如今是越來越猖狂了，馮士元剛到，他立馬就讓馮士元覺得不自在。林東說道：「馮哥，據我對他的瞭解，那個人管理公司的水準屬於末流，但論起來鉤心鬥角、結黨營私，蘇城營業部還真沒人比他厲害。」

馮士元略一點頭：「好，我知道了。」

穆倩紅走進林東的辦公室，笑道：「林總，省財經專刊的大主編沈傑到蘇城公幹，我已約好了他。」

林東笑道：「太好了，倩紅，了不起啊，你都能約到沈傑！酒店定了沒？」

「嗯，都已訂好。」穆倩紅答道。

「他什麼時候到蘇城？幾個人？」林東問道。

「今天下午三點多到火車站，好像和他的徒弟。」

林東一看時間，說道：「現在兩點了，倩紅，我們去火車站接他。我聽說沈傑這個人不大好搞，咱不能讓他挑出刺來。」穆倩紅起身跟在他後面，兩人一起出了公司。

林東開車帶著穆倩紅，兩人到了火車站的出口處，時間剛過兩點半。二人站在太陽下等了一個鐘頭，仍是不見沈傑出來。林東與穆倩紅的目光一刻也不敢離開出口處，生怕一走神沈傑就從他們眼皮底下溜走。

將近四點，沈傑才從出站口走出來，身後跟著一個拎著旅行箱的年輕女生，戴著眼鏡，斯斯文文的樣子。

林東和穆倩紅立刻走了上去。沈傑見到穆倩紅，笑道：「倩紅，久等了吧？」

林東默不作聲地從沈傑身後的女生手裏將旅行箱接了過來，沈傑這才注意到他，問道：「這位是？」

穆倩紅介紹道：「沈主編，這是我們公司的林總。」

林東伸出手，笑道：「沈主編，幸會幸會。」

沈傑和他握了一下手，略微笑了笑。

「沈主編，車停在那邊，咱們過去吧。」林東說完，提著旅行箱走在前頭，穆倩紅和沈傑並肩走著，沈傑開始抱怨起火車來，說不知道坐了多少次火車，幾乎次次都晚點，回去一定要找傳媒的朋友做一篇專題報告，批判鐵道部。

上了車，沈傑帶來的女生坐在林東的旁邊，穆倩紅和沈傑坐在後座。林東發動了車子，朝訂好的酒店開去。

「沈主編這次來蘇城公幹多久？不知能否抽出點時間，我們林總想邀您去太湖遊玩。」穆倩紅笑道。

沈傑道：「什麼公幹不公幹的，來蘇城也沒什麼大事，不過可能真的需要住上一段日子。我想做一篇專題報告，報告的主角就在你們蘇城。」

「那太好了。改天您抽出一兩天的時間，林總和我陪您去小湯山泡泡溫泉。」

沈傑笑了笑，小湯山溫泉是個好地方，可比名勝古跡有意思得多，當下便說道：「好啊，我看看最近能不能抽出時間，到時就有勞你帶路了。」

沈傑的怪脾氣是出了名的，他這一路上好似根本沒把林東放在眼裏。林東心想若想讓沈傑賣力替他辦事，必須得讓沈傑改變目前對他的態度。他一邊開車一邊琢磨，也沒想到沈傑身上有什麼可以突破的地方，當下便打算走一步看一步。實在不行就只能靠穆倩紅的公關手段了，畢竟沈傑對穆倩紅的態度還算不錯。

車子開到萬豪酒店，四人乘電梯進了大堂，穆倩紅帶著沈傑與他的助手去辦理入房手續。沈傑顯然對萬豪酒店感到很滿意，他帶來的那個助手眨巴著大大的眼睛四處張望，好奇地打看四周的環境，她這輩子還是第一次入住這樣豪華的酒店。

助手叫秦曉璐，是省城傳媒大學新聞專業的應屆畢業生，剛到財經專刊報社實習兩個月。這兩個月沈傑對她很照顧，不僅關照下去每個月給她發三千塊的實習工資，而且將她叫到辦公室，熱心地問她有沒有工作和學習上的問題需要解決。能得到主編大人的青睞，這讓她的許多同學羨慕不已。

林東帶著他們進了電梯，穆倩紅訂的房間在十五層，是相鄰的兩間。林東將沈傑的行李放下，笑道：「沈主編，晚上我在樓下餐廳訂了包間，還請您一定賞臉。」

沈傑笑道：「林總太客氣了。」

穆倩紅笑道：「沈主編，坐了幾個小時的火車，一定累了吧？您先休息休息，到時間我喊您下去。」

沈傑點點頭：「哎呀，真是有些累了，那我就不送啦。」

穆倩紅和林東出了沈傑的房間，已經快到五點鐘了，他倆到了酒店一樓的大廳裏坐了下來。

「沈傑說來這裏是為了做一篇專題報導，倩紅，他到底要寫哪方面的？」林東問道。

穆倩紅道：「這個我也不知道，不過我想應該是金融方面的吧。」

「那待會吃飯的時候你問問他，我看看能不能幫上點忙，畢竟咱們有求於他，若是可以幫上點忙，他也會盡心盡力幫咱們。」林東說出自己的想法。

穆倩紅點頭道：「林總你放心，這個交給我。」

林東低頭看了一眼手錶，抬頭道：「六點了，是時候去喊他們下來吃飯了。」他與穆倩紅進了電梯，來到沈傑的門前，穆倩紅上前按響了門鈴。沈傑打開了門，將二人請了進去。

「沈主編，餓了吧，我們下去吃飯吧。」穆倩紅笑道。

沈傑笑道：「是有些餓了，那就走吧。我去叫一下小秦。」他走到秦曉璐的門口，按響了門鈴，秦曉璐穿著睡衣拉開了門，露出胸口一大片耀眼的白。

「小秦，下去吃飯了。」沈傑咽了一口口水，心道這次還真沒帶錯人，不枉他在秦曉璐身上付出的許多心思。

「主編，麻煩你等我一下，我很快就來。」秦曉璐隨手將門關上，把林東三人擋在門外，在房內迅速換好了衣服，出來時仍是一臉歉意。

林東看到沈傑看秦曉璐的眼神不大對勁，清楚他的齷齪想法，只能在心裏無奈地歎了口氣，也不知秦曉璐能否抵擋得住誘惑。這年頭，有權有勢之人已經霸佔了太多的社會資源，女人成為他們爭搶的對象。

一行人進了廳，林東將女侍叫了過來，笑道：「你給沈主編介紹你們酒店的招牌菜。」

那女侍剛要開口，卻被沈傑攔住了：「別說了。林總，你們該是這裏的熟客了，我這人不挑食，你們看著點吧。別點太多，浪費了不好，要知道咱們國家還有人吃不飽呢。」

「倩紅，你來吧。」林東不善於點菜，便將這擔子扔給了穆倩紅。穆倩紅笑了笑，照著菜譜報了十來個菜名。

「沈主編，咱今晚是喝白的還是紅的？」穆倩紅問道。

沈傑笑道：「紅的吧，紅酒有美容的功效。」他朝秦曉璐看去，「小秦，待會你也多喝點，反正今晚也沒事，喝多了也不礙事。」

秦曉璐對沈傑又敬又畏，沈傑既然發話了，她雖然酒量不佳，卻也只能點點頭。

穆倩紅要了幾瓶紅酒，價格不菲，女侍將酒打開，便為他們四人斟上。林東舉杯說道：「此一杯為沈主編接風洗塵，我先乾為敬！」仰脖子一飲而盡。

沈傑與穆倩紅也是一飲而盡，秦曉璐端著酒杯愣了一下，硬著頭皮喝光了杯中酒，白嫩的臉蛋立馬變得紅撲撲的。沈傑看在眼裏，發出嘿嘿的笑聲。

「小秦，這次與我好好做好這篇專題報導，到時候文章也會署上你的名字。」沈傑端起酒杯，「來，我們乾一杯。」

「真的？」秦曉璐高興得直拍手掌，卻有些不敢相信。她清楚一個實習生能與業內大名鼎鼎的主編一起發文章，是多麼不可思議的一件事，但她與沈傑非親非故，人家憑什麼那麼照顧她？

秦曉璐並非是什麼都不懂的小女孩，她有個同學就是因為和院領導有那種不清不楚的關係而獲得了保研的資格，她想若是沈傑也提出過分的要求，她一定會斷然拒絕。

沈傑見秦曉璐一臉興奮，覺得有戲，笑得更燦爛了：「我堂堂主編說出的話還能有假？小秦，我帶過不少實習生，大多數都沒有你那麼好的悟性，你要好好把握機會，在這次的專題報導中多花點心思，只要這篇報導紅了，我就可以向社長大力推薦你，或許就能留在咱們報社工作了。」

沈傑接二連三拋出一個個糖衣炮彈，秦曉璐心中又喜又驚。

「多謝主編栽培！」酒量不佳的她主動端起酒杯，說道：「主編，我敬你！」

沈傑連說了幾個「好」，與秦曉璐碰了一杯，二人一飲而盡。秦曉璐痛苦地咽下酒，臉更紅了，眼中已有了迷離的醉意。

穆倩紅聽到沈傑與秦曉璐說起專題報導的事情，便借機問起，「沈主編，這次是做哪方面的專題報導啊？」

沈傑笑道：「不是哪方面，是一個人。」他猛然想起林東就是金融行業的，問道：「林總，你聽說過魏國民嗎？」

林東心中一驚，難道沈傑剛才所說的「一個人」是魏國民？

他笑道：「認識認識，並且還算是熟悉。」

「我這次就是為他來的，準備對他做一篇專題報導。」沈傑說起正事，放下了酒杯正色道。

林東笑道：「沈主編，據我所知，魏國民已經進去一段日子了，現在人都不知道在哪兒。」

沈傑是個精明人，聽林東一說，心想他多多少少知道點事情，笑道：「他人還在蘇城，只是不知道容不容易見到。」

林東心想這倒是個機會，他在蘇城多少有點人脈。便笑道：「若有用得著小弟幫忙的地方，還請沈主編一定開口。」

沈傑含笑點點頭說道：「多謝林老弟，來，乾一杯！」

蘇城營業部一直是排在元和證券兩百多家營業部前幾名的營業部，但從這幾個月的業績報表來看，業績急劇下滑，排名已經滑落到中下游。馮士元扔下報表，實在是不想打理這個爛攤子，若不是答應了總部李總這位好友，他真想撒手不管，自由自在地在蘇城玩上三個月。

馮士元打開信箱，他前兩天讓營業部所有員工每人交一份意見稿，現在已是第三天了，他倒要看看還有多少人把他的話當回事。收件箱裏只有寥寥十幾份郵件，高倩是第一個發來的。馮士元點開一看，只有高倩寫得最認真詳細，從多個角度闡述了目前大家沒有心思做業務的主客觀原因。剩下的十幾封郵件卻都是泛泛而談，內容空洞，看來是為了應付他的，可惡的是竟有八十幾人連應付都懶得應付他。

此刻，馮士元正在氣頭上，櫃檯主管黃雅莉忽然急匆匆走了進來，氣喘吁吁道：「馮總，樓下有幾個客戶鬧著要轉戶，你快去看看吧。」

馮士元一拍桌子，質問道：「這點事也要我去嗎？你這個櫃檯主管是怎麼做的？」

黃雅莉最會撒嬌賣萌，立馬裝出一副嬌滴滴的樣子：「馮總，我極力挽留過了，哪知客戶不領情，反而覺得我們是在拖延，點名要老總下去。」

馮士元多了個心眼，心想他剛上任就鬧出這事，是不是有人有意為之？

「你去找姚總，讓他下去處理。」馮士元冷冷道。

黃雅莉答道：「姚……姚總他不在公司，我已經找過他了，要不然也不敢來驚動您。」

馮士元頓時明白了，多半是姚萬成搞的鬼。他冷冷一笑，對黃雅莉道：「那些人嚷嚷要轉戶是嗎？那就讓他們轉走好了。這樣總不鬧了吧？」

黃雅莉目瞪口呆地看著馮士元，沒想到這個新來的總經理會給她這樣一個指示。她不確定地問道：「馮總，真的要那麼做嗎？」

「要不要我重複一遍？」馮士元厲聲問道。

黃雅莉嚇得什麼也不敢說，立馬溜出了總經理辦公室。她走到外面就給姚萬成打了個電話，說明了馮士元的態度。姚萬成也是一愣，心想這倒是個不按常理出牌的傢伙。他本來想給馮士元製造點不快樂，哪知馮士元竟然是這個反應，客服部現在歸他管，真的發生客戶轉戶的事情他也有責任，便當即打電話給那幾個來鬧事的人，讓他們鬧鬧就散了。

姚萬成幾次欺負到他的頭上，馮士元坐不住了，打算採取行動。營業部現在各個崗位上的頭目都是姚萬成的人，做什麼事情都會束手束腳，他馮士元好歹掛個總經理的頭銜，是這個營業部最高領導人，調動點兒人事，姚萬成還能說啥？

馮士元將秘書叫了進來，讓她通知營業部大小頭目四點半開會。秘書按他的吩咐，將涉及的同事通知了一遍。四點半到了，馮士元進了會議室，發現僅有寥寥數人。

「其他人呢？」他一臉不悅地問道。

郭凱答道：「還沒到。」

「你們以前開會也是這樣嗎？」

郭凱低頭不語。

過了十來分鐘，人員才陸續到齊。姚萬成是最後一個到的，進來後便對馮士元表示了歉意。

「馮總，不好意思，讓您久等了。去了一趟恒豐集團于總那裏，和他聊了聊公司上市的事情。」姚萬成為他的遲到找了個正當的理由，大大方方地在馮士元對面坐了下來，他看得出來今天馮士元是帶著火氣的。

「人都到齊了，那就開始吧。張粱，清楚你們拓展部這個季度的情況嗎？」馮士元首先問坐在他下首的拓展部主管張粱。張粱愣了一下，點點頭。

馮士元道：「那你跟大夥兒說說。」

張粱支支吾吾了半天什麼也說不出來，氣得馮士元直拍桌子。

「你是怎麼做部門主管的？這幾個月你都在幹什麼？」馮士元將拓展部這幾個

月的業績報表摔在張梁面前：「自個兒好好看看！」

張梁一張臉憋得通紅，朝姚萬成看了幾眼，本想讓他說些好話，可姚萬成卻扭過了頭。

「現在我宣佈一個決定，免去張梁拓展部主管之職，由郭凱接任。」馮士元沉聲道。

姚萬成一聽這可不成，你要撤我的人事一聲招呼都不打，我不能答應。當下便道：「馮總，張梁能力是有欠缺，不至於一下子就撤了他吧？你看這樣行不行，讓他戴罪立功。」

張梁感激地看了姚萬成一眼，心想關鍵時刻這傢伙好在沒把自己撂下不管。

馮士元也不怕當眾駁了姚萬成面子，說道：「老姚，拓展部業績太差，換掉張梁是勢在必行的。我在此宣佈，從今以後按月考核，達不到考核標準的，立馬換人！」

姚萬成笑了笑，對郭凱道：「小郭，聽到馮總的話沒有？你可得加把勁了，我希望你能在拓展部主管的位置上多待幾個月。」他言下之意便是告訴馮士元，提拔的人也要遵循他定下的規矩，不能搞雙重標準。

郭凱一直跟姚萬成不對路，這也是馮士元選他的原因。

馮士元又跟眾人講了講營業部目前的現狀，散會之後，已經過了下班時間。張梁直接跟著姚萬成進了他的辦公室，順手關上了門。

「姚總，姓馮的太把自己當回事了！」張梁氣鼓鼓地道，「這擺明了打您的臉！」

「嚷嚷什麼？你小聲點。」姚萬成訓斥道。

「我咽不下這口氣，姚總，蘇城營業部可是咱的天下啊，怎容得下他一個外人吆五喝六的。」

姚萬成陰沉著臉：「你當我心裏舒服？可他畢竟是總部派來的，是咱營業部的正牌總經理，說話辦事有上面人撐腰呢。」

張梁說道：「那咱就眼睜睜看著他把咱當馬騎？」

姚萬成鼻孔裏噴氣：「魏國民那麼個強人都毀在我手上，馮士元算哪顆蔥？」

張梁聽了這話，心中稍稍安定了下來，心想不久之後姚萬成把馮士元趕走，他還會恢復原職，暫時就委屈一下吧。

「姚總，你說怎麼辦就怎麼辦，兄弟我效死力。」

姚萬成也沒想出鬥馮士元的法子，心中正自苦惱，說道：「把兄弟們都叫上，今晚八點老地方見面，我請客。」

張粱點點頭，出了姚萬成的辦公室，忙著聯繫同黨去了。

開完會，馮士元就開著車出去了，他心煩意亂，沒有回賓館，對蘇城的路又不熟，開著開著就不知道開到了那裏。索性找了個安靜的地方，停了車，放下車窗，讓寒風灌進來，這使他的頭腦清醒些。

馮士元仔細想想今天所做的事情，實在是有欠考慮。他那麼做了，等於就是明擺著和姚萬成翻臉了，恐怕以後連表面上的和氣都將不復存在。如今他要做的就是團結可團結的力量，打壓姚萬成的勢力。

想想他這個總經理幹得也窩囊，他在元和幹了那麼些年，還是頭一次聽說一個總經理要搞一個副總竟然那麼費力，偏偏這事就落在了他的頭上。

請續看《財神門徒》之五　三足鼎立

財神門徒 之4 神鬼無間

作者：劉晉成
發行人：陳曉林
出版所：風雲時代出版股份有限公司
地址：105台北市民生東路五段178號7樓之3
風雲書網：http://www.eastbooks.com.tw
官方部落格：http://eastbooks.pixnet.net/blog
Facebook：http://www.facebook.com/h7560949
信箱：h7560949@ms15.hinet.net
郵撥帳號：12043291
服務專線：(02)27560949
傳真專線：(02)27653799
執行主編：劉宇青
美術編輯：許惠芳

法律顧問：永然法律事務所 李永然律師
北辰著作權事務所 蕭雄淋律師

版權授權：蔡雷平
初版日期：2015年6月
初版二刷：2015年6月20日
ISBN：978-986-352-167-9

總 經 銷：成信文化事業股份有限公司
地　　址：新北市新店區中正路四維巷二弄2號4樓
電　　話：(02)2219-2080

行政院新聞局局版台業字第3595號 營利事業統一編號22759935

定價：280元　特價：199元

國家圖書館出版品預行編目資料

財神門徒 ／ 劉晉成著. -- 初版-- 臺北市：風雲時代，
2015 . 04 -- 冊；公分

ISBN 978-986-352-167-9（第4冊；平裝）

857.7　　104003800